心归何处

易明/著

天津出版传媒集团
百花文艺出版社

图书在版编目（CIP）数据

心归何处 / 易明著 . -- 天津 : 百花文艺出版社 , 2024.5

ISBN 978-7-5306-8878-6

Ⅰ . ①心… Ⅱ . ①易… Ⅲ . ①散文集 – 中国 – 当代 Ⅳ . ① I267

中国国家版本馆 CIP 数据核字 (2024) 第 106582 号

心归何处

XIN GUI HECHU

易明　著

出 版 人： 薛印胜
责任编辑： 郑　爽
策划编辑： 潘　洁
装帧设计： 悟阅文化
出版发行： 百花文艺出版社
地址： 天津市和平区西康路 35 号　**邮编：** 300051
电话传真： +86-22-23332651（发行部）
+86-22-23332656（总编室）
+86-22-23332478（邮购部）
网址： http://www.baihuawenyi.com
印刷： 成都市兴雅致印务有限责任公司
开本： 880 毫米 ×1230 毫米　1/32
字数： 55 千字
印张： 6
版次： 2024 年 5 月第 1 版
印次： 2024 年 5 月第 1 次印刷
定价： 65.00 元

如有印装质量问题，请与成都市兴雅致印务有限责任公司联系调换
地址：成都市金牛区沙河源街道陆家桥社区
电话：028-83181689
邮编：610000

目录

Contents

域外篇

新疆，那棵沙枣树 …… 3
五家渠农场的际遇 …… 6
一封家信 …… 13
写给昌华制衣厂老板陈生的报告 …… 23
父母在远游 …… 27
桃源一梦越千年 …… 31

故乡篇

邂逅太阳雨 …… 41
清明寻根去 …… 44
清明——问心 …… 53
寻找慧姨 …… 60
亲子园记 …… 77
家中有片蓝蓝的天 …… 83
光明行 …… 90
热心奶奶 …… 98
我的恩师 …… 105

感怀篇

津市新赋 …………………………………… 113
真男儿 ……………………………………… 115
写给孩子二札 ……………………………… 130
殷切的希望 ………………………………… 140
我种桂花树 ………………………………… 145
编篮小札 …………………………………… 157
拖地浅悟 …………………………………… 162
一种修行 …………………………………… 168
路在脚下 …………………………………… 173
斑鸠归来 …………………………………… 177

域外篇

新疆，那棵沙枣树

一

新疆那棵沙枣树，弯弯曲曲，经历了无数春夏秋冬。那时，满树沙枣青青，我也正年纪轻轻。

新疆那个老太太，沙枣树一样老态龙钟，那时，我正流浪，收留我的，是这样的一位好心肠。

二

老太太有心劝我把沙枣尝，既然能吃，肯定是好东西。放进嘴里一颗忙吐不迭，原来沙枣如此苦涩。老太太含笑说：“孩子，一颗，两颗是苦，第三颗就能品出甜。”

以后，沙枣一直甜，我常吃沙枣，也常怀念。

本文载自《安徽文学》2009年第9—10期（合刊），获中国百篇散文奖。

域外篇

五家渠农场的际遇

弹指一挥间

何易望天

春风送走北去雁

…………

看罢李老汉这首诗词，我惊奇地望着一张老泪纵横的瘦黑脸庞，这竟出自一个瘦骨嶙峋的沾满猪食的枯手，我相信了，李老汉定有一段不平凡的经历告诉我。

刚刚在门前调猪饲料的大锅边，李老汉忽然问我：“小伙儿，你高中毕业吧？”“嗯。”我才来几天，一直未与喂猪的李老汉搭过话，虽然他每天都挑着两只铁桶从我门前甩着胳膊快步走过去，又提着胳膊慢走过来。他紧接着问我：“是文科还是理科？”“文科。”我还是不冷不热。“那你一定懂文学吧？”他用欣喜的目光望着我，等待着一个满意的回答。我却疑惑了，我确实喜欢文学，但从来不敢在人面前卖弄，怕人笑话，凡是走过这条路的人都知道一路跋涉是多么艰辛。但他又不像是炫耀文学，夸耀文学，眼前一张真诚的爬满皱纹的黑瘦脸庞，使我恻隐之心萌动。“懂一点点。”老人终于停下手中搅动着的铁锨直起身来，和我在锅边攀谈起来……

“哎——”长长的一声叹息。“我一生的苦难太多了……”顿了顿，他转而说，“我不是向人诉苦，只想把我个人的一些遭遇写成书。”一听到他要写书，我兴趣倍增，在旁边催促道：“老李，你就痛痛快快地说吧，这并不犯什么错误，一个公民有言论自由，何况这都是你的亲身经历！”我不知道自己一下子咋变得这么快，竟反主为客。先前老李本想以此事相托，现在我却乞求般地向他索要。后来甚至连称呼也改变了，由老李改称老人家了，当老李在我的书桌上写完上面一首诗词时，我竟惊奇地叫好：“老人家，您真是写得太好了，我也非常喜欢诗词。”老李没有应声，写完之后放下笔来，浑浊的眼里噙满泪水，他停滞在无边的追忆之中，我想他泪光中定有一个感人的故事，虽然他在诗词之中不免有黄昏落寞之悲叹，但绝不是无病之呻吟，我如果到了他这般年纪还一无所成的话，那悲哀可见是多么沉重啊！就如他追求文学一样白了头还是一无所获。

“哎！在外面的日子太难混了，先前在奎屯兵站还有老乡照顾，什么都要好一点，在这个地方却不行，他们太坏了，特别是做饭的屃（对没素质男人的蔑称）。”“是的，那个做饭的哈屃

（意为坏蛋），对我们几个干活的就是刻薄得很。”我接着又说：“老李，你在奎屯有老乡照顾，咋跑到这个鬼农场来了？”“提起那个老乡，是那个兵站的站长，可以说是我一生中遇到的大好人。后来受到了排挤调到别的单位去了，临走时打发我到这里来的，他跟牛场长认识，哎，认识又有什么用，人走茶凉！我可能在这待不了多久了，今天是四月二十四号，过了‘五一’我就准备走了。他们要我把养猪承包下来，哎，我老汉家，都快死了，还能有什么积极性，此地不留人啊！”“他们那些哈㞞（坏蛋），还不是看您一人干活，两人吃饭……”“对！就是这个原因，可怜我那丫头又聋又哑，才十四岁呀！那些狗日的……”“谁是狗日的！”忽然门口传来呵斥声，通讯员小王出现在门口，老李着实吃了一惊，但改变得非常快，马上改口说："我刚才都在骂那些狗日的猪，会吃不会拉。"我也站起来缓和气氛："小王，进来坐一会儿。"小王进来在桌子对面坐下了，转而对老李斥道："你喂你的猪，到这儿来干啥？还不去打扫猪圈！""这就去，这就去。"粗大的裤管，细细的麻秆，倒也像一阵风似的走了。

哪知第二天上午，来了一辆马车就把老李父女俩拉走了。我们那天的谈话，还未进入正题，他就这么走了，令人惋惜不已，我梦想的成名大作《五家渠农场的际遇》就这样宣告结束了。老李挥动着怎么洗也洗不白的枯手，他女儿手指着我傻乎乎地笑，我无可奈何地挥了挥手，但愿他们平安地回到乌苏乡下。

本文获2009年全国散文作家论坛征文大赛一等奖，收录在《中国散文家代表作集》（一）。

一封家信

这封家信是22年前，我只身前往新疆投亲之后，写给表姐的信，表姐曾因被感动，一直珍藏至今。表姐识字不多，我写给她的信，一般都由表姐夫读给她听，所以信的开头一并称呼：

姐、姐夫：

你们好！

真对不起，我来这里之后，一直没有给你们写信，因我不知道地址怎样写，你们才能收得到，请来信告知，我不愿再麻烦税务所的那位小姐代转了。

快到元旦、春节了，你们餐馆的生意一定很忙吧？如果你们人手忙不过来，可以叫妹妹来帮你们。我想这不用我说，妹妹一放假，就肯定来你们这了，有可能的话，现在就在你们身边，果真是这样，那令人太高兴了。

侄女欣欣明年该升三年级了吧？但不

知她学习如何，她是一个好动的孩子，一天到晚总是蹦蹦跳跳的，没有一刻停止过，那是她与生俱来的天性，不要因为贪玩而打骂她，孩子终究是孩子，她生在这个宠幸的时代，应当让她同别的孩子一样：吃好、穿好、玩好。在她身上倾注你们至深至诚的爱，让她拥有一个金色的充满幸福的童年。写到这，我想起了姐的痛苦身世。姐，你的童年想来不叫人心酸吗？在你很小的时候，就和你哥被你爸和后娘，安排在了一间茅草偏屋，自己洗衣、做饭，自己养活自己。本还可以和你哥相依为命下去，但你哥受不了你后娘尖酸刻薄之气，一天傍晚，在你兄妹俩共同生活的茅草偏屋里悬梁自尽，年仅15岁。从此，你怕进那又黑又暗的茅草偏屋，是你大舅（我父亲）把你领回了家，并在你18岁的时候，许配给了那时刚退伍转业回来的姐夫。姐，你一路走来，吃的苦还少吗？我想姐正因为有这苦难的经历，会更好地爱侄女欣欣，从而在各方面关心她、爱护她，使她成为命运之骄子、时代之宠儿，这样才无愧于我们这个时代。说了一大堆，我够啰唆的了，可是我要说，将来我有了孩子，一定让他十分的满足，特别是让他在童年时代玩好，哪怕他是地上爬呀、滚呀，让他具有一个天真烂漫、活泼开朗的个性，不要像今天的我不好动、不作声是个没出息的人，一事无成！

上面说了一大堆废话，你们不要笑我年轻无知，虽然我没有成家立业、娶妻生子，但我会渐渐成熟起来。

该告诉你们我这里的情况了。我于 11 月 24 日下午在长沙上火车，中途在兰州转了一次车，28 日早上 8 点到达新疆乌鲁木齐。下车后，直接找到部队机关门诊部的化验室，见到了从未谋面的堂姑，递上由我父亲开具的介绍信。经过长途跋涉，终于安定了下来。堂姑全家对我都很热情，特别是堂姑和堂奶奶，对我各方面照顾得很周到。堂姑把她领的绒衣绒裤、褂衣全给了我，还有其他一些叔叔、阿姨，送给我鞋呀、帽呀，这都是部队上发的军用品，我非常喜欢。

这儿的冬天特别长，一年中有半年是冬天，冬天也来得特别早，10 月份就开始降雪了。记得刚下火车时，漫天飞雪、寒风呼啸，一双脚快要被冻掉了（来时，只穿了一双网球鞋），赶紧在车站商场里买了一双大头棉鞋。用去了 10 元 9 角，手里头仅还有 5 元钱去坐公交。一路之上，买车票用去 117 元，买水喝用去了 10 多元。在火车上几乎没有吃什么东西，只喝了点饮料，不吃东西可以，但是不喝水是绝对不行的。火车上什么东西都贵得很，一生理盐水瓶大小的饮料 2 元，一洗衣粉袋大小的蛋糕（或面包）要2元5角，总共手里头才150元钱，花销了四五天，用新疆的话来说：够呛！不过，我总算熬过来了，而且现在还有一点事干，在离堂姑家约一公里处的通信营烧锅炉，月工资90元，本来120元，但是得除去30元的生活费。吃住跟当兵的一样，伙食较好。

很高兴第一次开始上班、领工资。每天干8小时，大约可以干到明年的4月份。这一干完，又可以跟军部大院的杨工头（江苏个体建筑队老板）去搞基建，估计一年可挣2000多元。等到明年10月份就可以参军了。堂姑、堂姑父都较喜欢我，堂姑父前不久又提了一职（正团级），还可以再干4年。他们说，明年我参军之后，再让我考一所军校。

这里的生活环境也是家中不可比拟的，所以家中使我放心不下：身患重病的母亲是在医院安心静养吗？读初中的弟弟有人照顾他、关心他吗？他一个人在家，放学回来自己做饭，清晨又锁门去上学。近来不知我父亲去你们那了吗？如果来了，请告知他我的一些情况，说我急盼他给我回信，前面给他去过两封信，不知他收到没有？要他邮封快件给我，地址：乌鲁木齐市××部队机关门诊部易冬英转爱君收，邮码830005。

家母病重，长子我远走他乡，逃避了

应尽的责任和义务。于心不忍、每每愧疚、耿耿于怀，虽远隔山水，忧心不断矣。我知道为了给母亲争口气，为了给姐、姐夫及所有关心我的人争口气，我应在这里加倍努力干下去。姐，你说是吗？母亲患病3年来，深得姐各方面的关心和帮助，为弟的感激涕零，愧为人子却没有给母亲多少慰藉，反而常常惹她生气、发怒。在她眼里，我是逆子，或者是一个无用的笨蛋。诚然母亲恨我，但更多的是爱我，希望我不负众望，成为人上之人。现在我不在她身边，她定不免要牵挂我，担心我会在外面出事，请姐要多开导她、安慰她，我想只有姐才能做到这些，受姐恩深，弟日后当以涌泉相报！

弟：爱君

1990 年 12 月 22 日

后来，父亲告诉我：“你的这一封信，让你姐哭了一场。”我回想起此信中所言，热泪也禁不住夺眶而出。可以想象姐当时的好一场痛哭，一定是泪流满面、久久抽泣。

本文载自 2015 年第 1 期《参花》。

写给昌华制衣厂老板陈生的报告

尊敬的昌华制衣厂老板陈生：

我是昌华制衣厂骑单车拿布料、辅料的员工——易明，大家都叫我单车。昨天下午5点左右，我从中山大学布匹市场驮两条大牛仔布（约

80公斤）在回厂途中，发生了一起小的交通事故，使昌华制衣厂蒙受了150元的经济损失，我深感内疚。

事情的经过是这样的：10月5日下午5时许，道路交通堵塞，水泄不通。我推着单车，立在路边静候道路的疏通，等了好一会儿，路通了，我还没有推车前行，冷不防从后面疾冲过来的一辆专拉布的人力三轮车，挂到我单车上的牛仔布，我连人及车上的牛仔布全靠在了旁边的摩托车上，摩托车支撑不住倒在了地上，人力三轮车主扬长而去，我怎么叫他都不停下，我本可以抓住他，但又担心单车及布匹被哄抢。那时，没有一个人站出来帮我，我孤立无援啊！

那样的孤立无援形同绝境，一群摩托车车主

围住我不放，几次欲抢夺我单车上的牛仔布，几乎不跟我讲道理，甚至要挥拳打我！一路推推搡搡，吵吵嚷嚷，我强行把单车及牛仔布推到仅一公里之遥的昌华制衣厂。

经由行政曾经理出面协调后，厂里付给摩托车车主150元修理费算了事，但厂里要给我这次过错罚款150元，我心理上、精神上实在不能接受，我的过错在哪里？是不是因我没有把那辆挂倒我的三轮车主抓到？我想：我要是去抓三轮车主，丢失布匹与单车，那损失将更大。

说真的，我昨晚一夜未眠，今晚又将是一个不眠之夜！请昌华制衣厂老板陈生能体谅一个异境他乡谋生工仔的心情，考虑免予经济处罚，或调换工种，更或炒掉我！

盼答复！

单车：易明

10月6日深夜

后记：

报告递上去后，罚款减少至100元，但每月补给我的单车修理费50元本月没有了，我真有点哭笑不得。

本文节选自2012年《散文选刊》增刊（1）《关于请求的报告》。

父母在远游

常念古训：父母在，不远游！也常常心生悲凉：我在，父母却远游……

年近70岁的父母已在广州的海珠区康乐村居住了15个春夏秋冬。2000年，母亲前往广州海珠区康乐村给小弟带两岁多的孩子，小弟、小弟媳在那里的制衣厂打工，下半年，弟弟把孩子送进了附近的幼儿园，让母亲只早晚接送。母亲见白天没事做，闲不住，便到人流多的康乐桥上卖甘蔗，但很快遭到康乐村治安队的驱赶。

母亲见甘蔗卖不成，又挎起编织袋，拿一把火钳去捡垃圾。在一次弯腰夹矿泉水瓶时，被狗咬伤手腕，狗主人竟扬长而去，事后，母亲没敢告诉小弟，只在电话里跟我说起，我说："妈，你打狂犬疫苗了？"母亲说："我自己用红蔗糖敷了，一会儿就去打。"我说："妈，再不要捡垃圾了，咱不缺那钱！"母亲连说不要紧的，在那头匆匆地挂了电话。当晚一个电影画面出现在我梦里：地主老财放出恶狗咬一个衣衫褴褛的年迈女人……我在梦中哭醒，从床上坐起，直待到天亮。

我一直在考虑要不要告诉父亲，父亲在家中种地很累，我很纠结，我不想让父亲的心也跟着受累。没过几天，母亲又告诉我一个好消息：一个澧县的老乡在广州开制衣厂，让她打扫制衣厂，并可以收走布碎和垃圾，布碎是可以挑拣卖钱的，垃圾里也有可以卖钱的。果然是好消息，我说："那让爸过来帮你，二老互相有个照应。"母亲欣然同意，父亲随即到了广州。

哪知父母此去广州，竟是十多年未回。第一年便为那个放了春节假的制衣厂看守厂房，第二年又多打扫了几个制衣厂，租了大一点的房子，把孙子带在身边，买了一辆人力三轮车，把那些布碎拉回租房挑拣。此后，父母忙得不可开交，早晚去清扫制衣厂，还得尽快挑拣那些布碎，因消防规定，不能在租房里堆码得太多。有时，父母几个晚上不上床睡觉，在布碎堆里挑着挑着就睡着了。此后连年的春节也在挑布碎，间或看守两处制衣厂厂房，没能再回家。为此，很多人批评我：你是长子，怎不让你父母回家？树高千丈，叶落归根，我曾多次劝年迈的父母回家颐养天年，父亲却说："我和你妈已习惯了广州的生活，反而过不惯家里的冬天，你就让我们在广州再生活几年吧！"

我一时语塞，竟无言以对。我想：子欲养而亲不待是一种伤痛，儿女的孝心和父母的自由捆绑却是一种伤害吧！

桃源一梦越千年

拍到一张诗人藏棣老师走向桃花源深处的背影照，在朋友圈带照片发了个头条：陶令不知何处去，桃花源里依可寻……

桃花源是一个1600年前就令人向往的乌托

邦。在桃花源里，陶渊明的足迹依稀可寻，估计年少时听懂了老师对《桃花源记》的讲解，抑或是自己也读懂了陶渊明的文字，是不是从那时开始喜欢文学的呢？我已记不太清楚了。在学文言文《桃花源记》时，我可能比其他同学更有兴趣，因为我在小学阶段就偷偷看完了整部的繁体字略带文言叙述的章回体小说如《水浒传》《杨家将》《再生缘》等。早年鳏居且聋了耳朵的爷爷有一大木箱子这样被父亲称之为“老书”的书（父亲指责我偷看时，便说那是些无用的书）。我没见过我奶奶，我妈嫁过来的时候也没见过我奶奶，我奶奶 40 岁的时候就去世了。在我眼里只见爷爷日夜与书相伴，特别是晚上他一手执书一手执煤油灯看书的专注度要超过戴都都油画《爱书》里面的那个老头。因此，他的帽子前檐被煤油灯烧成缺口，他的白色蚊帐顶被煤油灯熏得黢黑。我想这些“老书”就是爷爷无声世界里的世外桃源。我也喜欢读这些“老书”，常常向爷爷要了在放学的路上看。当父母在我书包里搜出爷爷的“老书”时，我和爷爷没少挨父母的责骂。爷爷还在津市街上的新华书店买回一本《中国古代文学家的故事》（上）的新书，新书里也有对陶渊明人格和作品的详细介绍，这本新书于我学习《桃花源记》大有帮助。爷爷也极有可能做过他的文学梦，我小时候就听过他吟过“车胤囊萤映雪读”的句子，他还叫我记下“宝鼎呈祥香结彩，银台报喜烛生花”的对联。

这次随“中国梦·文学梦·湖南篇章·作家

看常德70年巨变”采风团入住桃花源里，晚上坐渔船上溯秦溪，观秦溪两岸《桃花源记》的实景演出。剧情的开场白很是抓人心：“听小陶说来了一个外人。”其间穿插日出而作、日入而息、穿井而饮、耕田而食的现实生活场景，在剧尾部分还加进桃花源里新人结婚的热闹场面，把整个剧情推至高潮。剧终人散，回到三春客舍，久久不能入睡。年少时被陶渊明的文字引领，对桃花源充满了好奇，虽桃源、津市近在毗邻，却未能前往探寻，大约只把美好的情感寄托在书本里了。1600年前，人民大众向往的理想幸福生活，在今天终于得以实现，这又是多么漫长的等待啊！一路走走看看，感慨良多！我不知何时沉沉睡去，梦见长着长胡子的陶渊明向我走来，走近了定睛一看却是我的爷爷，他像是刚从津市的街上回来，看他挑着自编的竹篮，一定是卖了积攒的鸡蛋和自己菜园地里的辣椒再买了书回来，看到他被煤油灯烧缺的帽檐，我想笑！那是他晚上戴着老花镜手举煤油灯凑近看书的杰作。但看到他穿着长及膝盖的狗皮大衣，我又挺纳闷：现在明明是夏天啊！我比画着问爷爷（爷爷是聋人），慈祥的爷爷微笑不答，我一急从梦中醒来，原来是我把房间里的空调开得太低了，腿肚子露在被子外面冻醒了。

我再也无法入睡，没曾想，居然来了一回阴间阳间的穿越，爷爷在那边世界里很幸福，眼不花、耳不聋可以自由自在地看书，可以摇头晃脑吟诵陶渊明的《五柳先生传》：“好读书，不求甚解！”没承想，还来了一回一千多年的时空的穿越，和陶渊明在桃花源里对话，我只想对他说：我不是《桃花源记》里说的那个外人，当下正是清明盛世，作家看常德70年巨变采风团所看到的常德穿紫河、澧县城头山、津市新农村等，处处是桃花源，人人都是桃花源中人！

夜宿桃花源，一梦越千年！

故乡篇

邂逅太阳雨

那天在广播局的三楼上，意外遇到你，你惊讶地招呼："是你？"我也马上认出了当年农校同窗的你，你嘴角的那颗痣依稀还在。"你是燕？"我激动地握住你的手，并叫出你如歌的名字，一首轻曼的歌从那年漫过来："晴朗的天空下着雨，这是一场午后的太阳雨……"当年你不经意地轻轻哼唱，我却永远地把它记在了心上。

你是开学之后来的，就坐在我后面。心爱的墙角被你占了去，我第一次找的话岔儿，就是要与你调换座位，我油嘴滑舌地说理由："我喜欢坐在后面——瞻仰前面的人。"你没有笑反而平静地说："我也喜欢坐后面。"平时没话找话说时，你也只简单地应付一下，便不再作声了。渐渐地，我就觉得你与那些女生不同，你是一个默默地爱安静的，在安静之间偶尔哼唱流行歌曲的小女孩。多年之后你还唱那首歌吗？

记得那时托"六儿"（真名叫覃士平，你知道此女津津乐道男女之事，热衷给人介绍对象）

前去说媒，并转去我写给你的情书。据传书人讲，你看完之后，微微一笑："嗨，这个'无皮滑'（方言：意为不靠谱）。"因为有你的微笑在，我不是很难过。你的笑靥，以及你笑靥上的那颗痣，一并包括你独自轻轻地哼唱，都美丽地留在了我的心上。多年之后，你还唱那首歌吗？

晴朗的天空下着雨，那是一场午后的太阳雨……

本文获第二届"新视野"杯全国文学征文随笔类二等奖。

清明寻根去

有这样一个优美的传说：洞庭湖及九澧一带，只有姓易的人，才能养活鸬鹚，只有姓易人的鸬鹚才能捕得到鱼，不用问，那些江湖之上赶鸬鹚的渔人一定姓易。我好奇，为什么会这样呢？我问过许多易姓人，也包括那些赶鸬鹚的渔人，大都摇头说不知道。去年遇到一个喜欢饮酒的易姓人，他告诉我：古时候，有几家人因争着喂养鸬鹚而打官司，最后官判说“一家喂几只”，而易家人强说成了“易家喂几只”，这很荒谬，是酒后吐胡言，不可信。

我姓易，生长在澧水北河畔、西洞庭湖州。澧水是我的母亲河，洞庭湖是我的母亲湖。我的先人应是相忘于江湖的渔人，我的根在澧水，我的根在洞庭湖，清明寻根，应下泛洞庭湖上，或上溯澧水源头。查阅澧县水系图，果不其然，爷爷的老家就在九澧之一的涔水的源头——盐井滩。

在我小的时候，爷爷曾对我讲过，他的老家

在盐井滩的易家桥（现为澧县盐井镇和平村）。但这个地方，也不是易家人世代居住的地方。爷爷的爷爷是江西迁徙过来的，凡从江西过来的人，都有这样一个特征：脚的小趾甲边上还有一小瓣趾甲，看上去像一个破的趾甲。

说道“江西填湖广”的大迁徙，不得不提及一个历史人物，就是“冲冠一怒为红颜”的吴三桂，他引清兵入关，杀人如麻。那时，上苍也几乎要灭绝华夏之根脉，躲在荷叶下面的人被一种鸟叫声出卖：“照荷一刀，照荷一刀”，所有荷下的人，无一幸免，鲜血染红了水面，山河惨烈，苍天无泪。最后杀到江西留火种时，考量一个中年妇女，问：“你的小叔子和你的儿子留下谁？”已经做了亡国奴，还要断子绝孙？！中年妇女流着泪决然地说："留下小叔子吧。"这也许是无可考证的野史，但却一直鲜活地流传于华夏子民的口头。

在盐井滩的易家桥，有曾经让易家人引以为荣的易家大屋场，易家大屋场上有当时、当地气派的易家大祠堂，祠堂前有一眼堰塘，堰塘里以前是一泓清澈的泉水，后来却只流出锈迹斑斑的红水，据说是易家人的根脉被挖断了……多少年来，那根、那脉、那年少时代的好奇，都一直牵动着我的心。我想我去寻根问祖，怕最远也只能追溯到盐井滩的易家大屋场了。

爷爷是躲"抓壮丁"逃下来的，从澧县最北端的盐井滩易家桥，南下到澧水之阳，东过涔河小渡口以东二十里，直到白溪滩的朱家垸（旧地名）。当时，爷爷和奶奶抄小路，昼伏夜出，走了两天两夜。我爷爷挑着一担箩筐，箩筐的一头还装着只有三岁大的大姑妈。大姑妈和奶奶都剃了光头，脸上抹了锅底灰，打扮得极丑、极男性化且带传染病态，一路之上，他们既要躲开国民党匪兵，又要躲开牲口一样的日本鬼子兵。国民党匪军，但凡看见有青壮年，不问青红皂白，都要强行抓去当兵。日本鬼子开进澧县之后，实行了惨无人道的“三光”政策，他们不仅到处烧杀掳抢，还不分老幼地奸淫中国妇女，日本鬼子令人发指的滔天罪行，罄竹难书。亡国之痛又一次深深烙在了中华民族儿女的心上。

爷爷、奶奶在躲逃的过程中，在津市羊湖口

附近，与一队日本鬼子遭遇，躲在深草丛中不敢出声，那一次，大姑妈差一点就被捂死在爷爷的手上。爷爷、奶奶历尽千辛万苦，最终落户于白溪滩的朱家坃堤上，在这里生下了二姑妈、三姑妈、我爸、我叔、我小姑，听老一辈人说，以后生下的无法再养活，被爷爷亲手溺死。

爷爷逃下来之后，大约只为父母奔丧才回去过一次，仅只一次。回来的时候，又带回一个在老家无依无靠的双目失明的亲侄子（即我叔爷爷的儿子，叔奶奶早死于产后风，叔爷爷被当“壮丁”抓走，音讯杳无）。说来令人心寒，23天之内，爷爷的爷爷死，爷爷的父母死，他们都是因粮食被日寇抢走，吃一种什么土被活活撑死的，留下了孤苦无依的我的瞎堂伯。而且，他们死后还不能归祖（埋在祖坟一起），说是犯什么三神煞（音），须浅葬（也许意为遣葬）别处，过后再让我爷爷回去为他们归祖。可能是爷爷因人口众多、生活艰难，就再也没回去过。爷爷晚年曾在儿孙面前念叨过："该回去找一找祖坟了。"可是，这一愿望竟成了他老人家最后的遗愿，让人不觉悲从中来……

为了完成爷爷的遗愿，今年清明节期间，我踏上了寻根问祖之旅，经我多方寻访，终于找到当年先人浅葬（或遣葬）的地方。这个地方已经看不到半点当年易家大屋场的迹象，它实实在在就是一个长满荒草的荒丘。靠南面的那眼堰塘，几乎被填平，不是向导指给我看，我根本就无法辨认，那曾是当年代表易家人脉的堰塘。靠北面的丘坡，就是先人浅葬（或遣葬）的大概地方，因年年岁岁无人祭扫，早已没了一点坟包的痕迹，斗转星移、世易时移，堪叹物是人非……

先人的眠地，而今成了村支书老夏待开发的林地。在我诚心诚意的恳求下，夏书记答应卖给我一小块地。我在那一小块地上，围了一个空冢，竖了一面纪念碑，刻上那些苦难的先人的名字，落款为：澧水流域易氏玉芝堂寻根纪念。燃上一炷香，愿先人们泉下有知：你们的子孙，通过你们的苦难，找到了今天幸福的根，幸福的脉。

站在寻根纪念碑前，我感慨万千。我循着一个美丽的传说去寻根问祖，我没找到一个世外桃源的仙境，无意之中却揭开了中华民族那些尘封了的记忆，仿佛是我的一只手无情地撕开了历史的旧伤疤……

清明——问心

——读清明路上的雨，读清明感怀的古诗，抑或读我们自己的内心……

澧水北河畔、洞庭西湖洲的白溪滩，是一片写满苦难的土地，是爷爷当年为了躲“抓壮丁”

逃下来的落地生根的地方。旧时民谚：女儿菜籽命（撒在哪里，就在哪里生长）。何止女儿命，那时一个男儿命运亦是如此、一个家族的命运亦是如此……

也因当年的兵荒马乱，爷爷的父辈、祖辈被迫浅葬在澧县盐井镇易家桥的某处，说是等待交大寒之后，让爷爷回去为他们归祖（迁入祖坟地），可是，爷爷在中华人民共和国成立前，甚至生前竟未能为其父辈、祖辈归祖，他本人在百年之后竟也未能归祖，以至终成人间遗恨，且多年横亘于我的心上！几年前，我终于在澧县盐井镇的易家桥找到了易家祖坟所在地，所以这几年清明节，除了要在白溪滩为爷爷、幺爷爷插青外，还要租车赶往百里地之外的盐井镇易家桥去祭祖插青，连续几年的清明节，几乎都是在路上奔忙着。

对于清明节到盐井祭祖插青，堂弟建军（叔叔的儿子）常向我发牢骚：“我只认爷爷，我只愿到白溪滩为爷爷奶奶的坟头插青，那些见也没见过的先人，没有必要让我们费心费力！”我没有阻止他发牢骚，也没有拿什么话劝慰他。我心里明白：他也未必只认爷爷，他其实是不愿耽误自家小餐馆的生意。去年清明节，我没有邀建军前往，却在去的路上接到叔叔的电话，要我替他买点香蜡纸钱、鞭炮、清明旗，多磕几个头，我都一一照办。

今年的清明节离春节太近，堂弟建国说公司派他出国，回不来祭祖插青了。建国是幺爷爷的孙子，在广东东莞的一家建筑公司工作。当年立寻根纪念碑，我提议，他热烈响应并积极出资赞助。在百里之外的盐井镇能有这么一个可以祭拜先祖的地方，完全得益于我和他的牵头运作。每年的大年三十给先人送灯亮（地方习俗：也叫给先人拜年），每年的清明节给先人插青，也都是他和我带头前行。今年清明节他不回来，妻对我说，我们也就别去了。我说："不行！这几年建国大老远从东莞赶回来插青不容易，我们在家里的人没什么条件可讲——应该做好分内事！"建国是大学生，读的书多，心里敞亮干净。

两个堂弟，两种截然相反的处世为人。而我是易氏玉芝堂的长房长孙，应担当些什么，做做大家的榜样。在我小的时候，爷爷曾在父亲面前提及要回盐井找祖坟，但父亲似乎不近人情，以交通不便一声断呵！2010 年清明节期间，为了完成爷爷当年寻找祖坟的遗愿，我与已年过 70 岁的瞎堂伯商量归祖事宜。堂伯是建国之父，幺爷爷独子，堂伯 8 个月大死母亲，1 岁瞎眼睛，幺爷爷被“抓壮丁”走后，跟着他祖父、曾祖父在盐井易家桥长到 12 岁，12 岁那年几位老人相继离世，12 岁那年跟着我爷爷来到了白溪滩，12 岁对易家桥只有依稀的记忆。经我们多方寻访，往返盐井镇易家桥多次，终于找到先人当年浅葬的大概地方，由于爷爷没有在浅葬先人之后为其归祖，坟包已荡然无存。于是，我在这个曾经荒凉、现在仍是荒凉的丘冈地，围了一个空冢，立了一块寻根纪念碑，并且在每年的大年三十前去上坟送灯亮、每年的清明节前去扫墓插青。我义无反顾的代父辈、祖辈做这些事情，抛开了一切私心杂念，不管值与不值，但愿也求得个心里敞亮干净！

清明节祭祖插青是缅怀先祖的一种方式，也是丈量我们生人与逝去先人之间距离的一种方式，我们不可能长生不老，也终有长眠地下的那一天，也终将成为后人祭拜的未来的先人，慎终追远，可穿越时空！忙就忙一点、累就累一点，那算不得什么！反正我是很享受清明节这种在路上的过程：从自己内心出发，又到达自己的内心！

清明时节雨纷纷，路上行人欲断魂……

清明，我的思绪在路上，我那不长不短的人生呢，何尝不是在这路上！

故乡篇

寻找慧姨

慧姨没有戴黄手环，是在 10 月 16 日（星期五）的上午走丢的。

10 月 17 日（星期六）的清晨，我晨跑至村东头的慧姨家门前，看见慧姨嫁出去的女儿——大妹，正焦急地等待家中的儿子骑摩托车前来，带她去寻找慧姨。大妹不停地拨打儿子的电话，一群老年妇女围在大妹身边，同大妹一起朝她儿子来的路口张望，迟迟不见其踪影，大妹眼泪唰唰地流……我走上前去安慰大妹："大妹，我骑摩托车带你去找，我们大家都分头去找，一定找得到的，你不要急啊。"

我赶忙跑回家，套了一件长袖褂子，骑出摩托车，来到慧姨家门前。叫大妹给她儿子留下一些寻人启事去张贴，我们便先行向梅家港进发。梅家港是永丰乡政府所在的集镇，应该是慧姨出门向北走的必经之地。大妹欲侧坐我的摩托车，我则要求大妹骑坐以便观望公路两边，特别是公路两边的沟渠。

还没到梅家港，在我们小渡口镇与永丰乡的交界处——左家桥，几个泥瓦匠正在给桥东南边的一户人家粉刷围墙、贴瓷砖，看上去是连续几天的作业。我们忙上前询问，并出示我们的寻人启事，一位在北面墙粉刷的师傅告诉我们，昨天近中午时分，确实见过疑似我们要找的老人，老人行动不便，好像是拖着一条腿走路，老人还跟他搭过话："这里还开个门呀？"大妹说语气和神态极像她娘，但她娘不可能从东边这条路来，应该从南边这条路来，过左家桥进入永丰乡、经过梅家港集镇后，再往东走一条直直的大路，上青龙部大堤，过松滋河，到安乡县的杨里后湖的娘舅家（慧姨现在的记忆只是小时候的，其实她大舅已去世多年，小舅也早居安乡县城）。那师傅说他没太在意：也许是老人从桥那边折回来跟他说话的……

那师傅不能确定慧姨的去向，我估计慧姨已进入永丰乡境内，而且还在永丰乡境内，慧姨因左腿、左胳膊疼痛走路不快，拖着一条腿走路，应是走一走、停一停、歇一歇，也许走累了会在田间地头睡一觉。

过左家桥后，再走三公里路到梅家港集镇，我和大妹沿路问过去，并在电线杆上张贴寻人启事。到梅家港集镇后，我们索性把摩托车停在第一家门面前，两人徒步分两边挨家挨户问过去，在显眼处贴寻人启事。梅家港是骑在过境公路上对面街的集镇，从南到北不过三公里（向西抵在了涝河堤脚下，向东的平原则是方圆几十公里的棉地、稻田和村庄，东边与安乡县的边界线是一条由湖北省内南下的松滋河）。我们竟然问不到慧姨的半点消息，大妹开始哭哭啼啼起来：“我的娘不知吃东西没有……”我说：“慧姨手里有43块钱，会买吃的，平时她晓得饿了，不管哪家在吃饭，只要她近前，人家都会盛饭给她，她也像小孩子一样端碗就吃。”大妹说：“我的娘不知倒在哪里了、冻到没有？她这两天都没吃降血压的药……”我说：“这几天的天气晴好，平均气温15℃—23℃，不会冻着，再说她是去走亲戚的，一般都会多带衣服，至于高血压，两三天不吃药不要紧的。”大妹还是止不住哭声：“我得告诉璇子（慧姨的孙女），奶奶就是她心中的一个宝，我得要我家小伍（大妹丈夫）从广东回来帮着找人……”满眶的泪水奔涌而下。

我是劝不住大妹，还是赶来增援的大妹的儿子劝住了她。时针指着9点，我对大妹儿子及其伙伴们发号施令：“你们小伙儿骑车快，兵分四路，两人一路，先横向、再纵向下田间地头搜索，最后沿东边的松滋河岸寻找，我们两个大人沿西边的涔河河岸寻找。”11点，大家在集镇中心路口碰头。仍然是一无所获。正在大家垂头丧气之际，我猛然抬头发现电线杆上的摄像探头。一打听，监控后台在乡政府（不在乡派出所），我们急忙赶往紧靠涔河堤边的乡政府。

乡政府正好有人在加班，政府办的几位工作人员正在为撤并乡镇整理资料，永丰乡大约要并到最北面的如东乡去，如东乡与湖北省的公安县交界。我向一个办公室主任模样的长者说明来意，“主任”随即吩咐办公室一名年轻的女工作人员，先放下手里的工作，为我们打开监控器。可是她怎么也打不开南北方向的监控，“主任”马上打电话叫来安装的工程师，工程师为我们打开监控之后，我和大妹目不转睛地盯着昨天到今天的监控画面，不放过一点蛛丝马迹，“主任”叫我们吃中午饭，我们婉拒了。

我和大妹反复看了两遍乡政府的监控，仍然没发现什么，孩子们在公路边的私人家的监控里也没发现什么，骑自行车到处寻找的业才叔（慧姨丈夫）也没有反馈什么消息。大妹看样子又要哭了，我赶紧劝住了大妹。我紧接着问办公室的工作人员："你们不是有广播站吗？下面各村都有广播吗？""有哇，广播站今天休息，我把王站长的电话告诉你，你把特殊情况如实跟他说一下。"我接通王站长的电话，王站长在外地，他要求我用手机发寻人启事给他（手机拍照发不行），马上就可以播。我把寻人启事修改了一下，其中加进了一些细致的特征描述，末尾加进了我的判断：大约在永丰乡境内走失。

此刻，孩子们都饿了，大妹早已六神无主，我招呼大家就近吃一个便餐。在吃饭的时候，大家就听到了广播，果然神速！只是大妹把碗里的饭拨了几下，一口也没吃下去。我却在思考下一步该怎么办……待孩子们吃完饭，我吩咐孩子们：分两班人马，一班人马沿公路北上到如东乡汽车站，向那些进城班车的司机们打听情况，把寻人启事发在每一辆进城的班车上；另一班人马继续下东边的田间地头和松滋河岸寻找。我和大妹也向东边的棉地深处去寻找，所有遇到的人都从广播里知道我们在找人。

天快黑了，大妹都没有回家的意思，孩子们大约已经回家了。我对大妹说，我们先回村里吧，找村支书要求报案或者要求小渡口镇广播站广播一下，听我这样一说，大妹才愿意跟我回家。

我们直接来到女村支书家，已近60岁的女村支书答应和村治安主任商量一下再报案，但她和广播站沟通不畅，女站长回了县城，有了几个月身孕，倒转来困难。我对女站长说，能不能像永丰乡那边一样的广播一下，她说只有她一人会广播，须亲自来，但她有了七个月身孕谁负责呢？她还说我们村支书可以联系北面几个挨边永丰乡的村支书，用村里的广播喊一下。结果，我们村支书给我回馈：不是联系不上，就是村里的广播不响了。乡亲们都望着我，脸上写满了：咋办？我叫来大妹的儿子说，拿一份寻人启事来，我修改之后贴上清晰的照片，你拿去打印200份，明天扩大搜寻范围。

第二天天没亮，慧姨的邻居杨妈，就在我家门前急促地喊我："小易、小易，今天大妹还是请你帮着找人的。"我应声（我是这个村的女婿，大家只知道我姓不知道我名）："不用说、不用说，我昨天晚上把油箱都加满了。"杨妈说："天不亮，大妹和业才叔两父女就在家里哭，哭得好凄惨啊。”“哦，我这就过去，我早就起来了。”我过去劝住了大妹父女俩。

今天是18日（星期天）了，慧姨已经在外面过了两天两夜。我对大妹说，我们还是到梅家港集镇去看一下，看慧姨有没有出来找东西吃，大妹点头称是。我们多么希望在一家早餐店前或者一个蒸馒头的锅边，能看到慧姨的出现。可是我们找遍整个集镇的南北，仍不见慧姨的踪影。正在一筹莫展之时，大妹家中的儿子打来电话说：“妈，你们赶快赶往青龙部的老河口，永丰乡派出所刚刚通知了我，我马上赶过去。”青龙部老河口，就是慧姨要过松滋河去娘舅家的老渡口，大妹听到此消息，几近崩溃，仿佛在我后面坐不稳，用力抓了抓我肩上的衣服，而且也做了最坏的打算："小易，我手提袋里还有5000块钱的……"我对大妹说："知道了，你坐稳噢，我开车了。"

青龙部的老河口在永丰乡的最东北角，北与如东乡交界，20世纪70年代，作为永丰乡青龙部水电站的内涝排渍口之后，摆渡口就下移了一公里多，翻堤下便是一条直直的水泥公路通向梅家港。当我和大妹一上青龙部的大堤，渡口摆渡的艄公就指着前方警车那里的一群人说："前面，前面，人还在。"我加大油门开了过去。待我的摩托车一刹，还没熄火，大妹就翻身下来，直扑到慧姨跟前大哭："妈，你怎么到这里来了……"慧姨坐在堤边的一把椅子上，被露水打湿的花白的短发里沾有泥巴，面部也有泥巴且表情木讷，全身上下瑟瑟发抖，脸上有过的一闪即逝的微笑，可以算作是一种认识亲人的示意吧。随后，业才叔坐慧姨堂弟的小车赶到，大妹儿子及其伙伴们骑摩托车赶到，业才叔抱着慧姨的头喊了一声老伴儿，便已是泣不声……“你们不要哭了，慧姨冷得不行了，赶快把慧姨弄进车里，带她回家洗个热水澡。”我说道。慧姨堂弟从车里拿出一床毯子裹在慧姨身上，慧姨已不能走路，我一把抱起慧姨塞进车后座，慧姨一家人绝尘而去，仿佛留下我殿后……

我把慧姨坐的椅子送回了堤边水电站里，向人民警察举手敬礼，握手言谢。他们误会了，以为我是慧姨的女婿，我说我们只是同村的。永丰乡派出所的一民警告诉我，是他们的两个警员把慧姨从河边架上来的，慧姨当时仰面朝天地倒在河边的草丛里，一只能动的手在河水里做浇水洗头状，她自己说是去洗头的。也是慧姨的手的动作，被对岸运河沙的卡车司机看到了，卡车司机叫摆渡艄公前来救人，摆渡艄公一个人弄不动慧姨，一下也找不到我们贴的寻人启事，便直接打了110。

慧姨是怎么来到老河口的河滩的，而且是什么时候来的，至今是个谜，慧姨自己是说不上来的。这里几乎是一个人迹罕至的地方，下游20公里处有毛家岔公路大桥，我们昨天沿河岸寻找，没遇见一个可以打听的人，渡口也是冷冷清清地泊着一条摆渡的拱篷船，船尾抽着旱烟的艄公，也早从广播里知道了我们找人的消息。

我仔细一想：昨天那个瓦工师傅说遇见慧姨是真的，只不过慧姨不从东边来，她正往东边去。阿尔茨海默病患者不仅没有记忆、口齿不清、找不到回家的路等，可能还没有白天黑夜。慧姨大约在星期五的中午，没过左家桥就折东走了，一下午最多能走过小渡口镇的左家村、恒心村，进入永丰乡的新联村、上松滋河的新河口大堤、向北行进到青龙部的老河口，可能都在月夜。这么说，慧姨已在青龙部老河口的草丛里躺了一天一夜。

慧姨患阿尔茨海默病大约在2010年，听妻说，那一年妻和我为在外打工的妻弟建好了两层楼房，慧姨就时常在嘴上念叨她儿子大毛还没建房，可能还有一件事在她心里挂念着，这一年，离婚几年了的大毛在外犯事进了监狱，具体犯什么事，村里的人都不知道，可能慧姨是想多了才患的阿尔茨海默病。慧姨年轻时漂亮、能干，我以为她一直保持乐观的心态，因为她之前还跟我们这一辈，甚至孙辈都开玩笑，哪知一患病，前后判若两人。

我骑摩托车回到慧姨家时，慧姨已洗完澡，坐在家门口晒太阳，大妹正一把一把地为她梳头发。我走上前喊慧姨："慧姨，认得我不？"慧姨只是望着我孩子般地一笑，大妹告诉她："这是你的救命恩人！"我纠正大妹说："你妈的救命恩人是永丰乡政府、永丰乡广播站、永丰乡的老百姓！不是我。"

我是乡亲们眼中的老好人，可能就因为一

句——要大家不要相信迷信的话大打折扣，无所谓。但能找到走失老人，终究要算一件功德圆满的事！

亲子园记

亲子园的主人是谁呢？是我，还是妻？

我随妻建房落户到了娘家，并和岳母的住房连成了一个院子。女婿俗称半子，其实我更希望人们把我当作她老人家的亲生子看待，我乐意照顾她老人家快乐地安享晚年。我请书法家启春先生特题“亲子园”三字，以昭路人。

其实未建房之前，我们就打算将来把房子建成一所幼儿园的规模，因为村小学已经没有了，校舍已卖给私人老板的养猪场了。从事幼教二十多年的妻挥泪告别了粉笔和黑板，我极力地劝阻妻不要告别可爱的孩子们，不要放弃崇高的职业。我不知从哪家报刊上看到教育体系中“亲子园工程”的提法，而且很受启发，跟妻提及，妻两手一摊：“哪来的资金？”我当时幼稚地想：找村支书划一块地皮，用围墙围起来，而且在门前竖一面石碑，刻上我的《亲子园记》，感动有识之士，接受社会捐助。那时，园名“亲子园”就定格在我的脑海里了，那么，亲子园的主人当然是妻。

妻对我当时酸溜溜的想法极其鄙夷地全盘否定了，我那篇应该感人的碑刻《亲子园记》也因此被妻扼杀在摇篮之中。但我也没有答应妻随我到东莞打工，因家中的孩子无人看顾，我对“隔代教育”一直持批评态度。妻便到镇中心幼儿园代课一学期。一个偶然的机会来了，一个关闭已久的幼儿园请中心幼儿园的园长找个主把整套幼教设施转让出去，园长鼓励妻买下来，自己办个幼儿园，妻犹豫不决地给还在东莞打工的我通了电话，征求我的意见，我一百二十个同意，并热情鼓励她买下来。

妻把设施买回来之后，和园长在村里各处选址，不尽如人意，不是租用的房间太窄小，就是太简陋近似危房。妻有些想自己修建幼儿园了，园长也立马同意并支持妻自己建幼儿园，可是资金没着落。园长爽快地答应私人借三万块给妻，亲戚、朋友也都答应万八千的借钱给妻，妻被感动得热泪盈眶。（特别交代一下，园长也是我的姑表嫂。）

我也从打工地——东莞虎门，动身回来。在当地，建房跟结婚一样是人生中的一件大事，建校园更是马虎不得的事情，我自恃在新疆跟瓦工干过几年小工，多少懂点房屋结构的原理，事必躬亲，严把质量关。我每天同瓦工们一起愉快地劳动，而妻却怎么也愉快不起来，甚至整夜、整夜地睡不着觉，她说要借那么多钱怎么还啊？我说慢慢地还。“那要还到几时？”最后还是我说了句起作用的话：“等筹到这么多钱来建房时，恐怕是猴年马月了，但先建房后还钱似乎要快得多。”妻听我说得有些道理，一时便不作声了。

为了建房，妻的神经绷得特别紧，因为我们白手起家，家中又没有积蓄，建房全靠借钱。而我一直都职无正业，居无定所，收入少之又少，妻虽然有一份收入不高的幼教职业，但转眼之间说没就没了，相关部门对他们这一梯队的人既没有在经济上给予买断补偿，也没有在工作上给予另行安排，反而只在后来幼儿园初具规模时，让妻签订一系列的责任状。所以在这一期间，妻的火气很大，动不动就跟我急，有明显的焦虑症迹象。晚上，她睡不着时，常常把我从鼾声中揪醒，让我要在她睡着之后才能打鼾，我是苦不堪言啊！特别是姑表嫂园长改口说没钱借时，她更是整夜的睡不着，我想尽了一切方法都无法哄她入睡，反而被她数落得一塌糊涂：“就是你没用，人家怕我们还不起，你又不争口气！”

三个月后，校园总算建成，我和妻忙着布置教室，分别在四个教室门上贴上吹塑字：小班、中班、大家、学前班，并在每个教室里的墙上贴上充满儿童情趣的吹塑纸质的插图，在外面白色围墙上也绘上了童话故事的图画。围墙上的彩旗迎风招展，校门上，启春先生的手书“亲子园”格外醒目。

春节过后，亲子园迎来第一批小朋友，他们在园子里笑啊、哭啊、喊啊，在转椅上转啊、在摇椅上摇啊、在蹦床上蹦啊，场面热闹极了。这时，妻开心地笑了，我对妻说：“看，他们才是亲子园的主人！”

家中有片蓝蓝的天

孩子，你常常批评我：不随手关灯、关水，没把废水利用起来冲厕所、房前屋后不栽树；从未上过防洪大堤抗洪抢险，保卫家园。屋后的半块菜园地被你栽成了果树林，我常常在朋友圈晒晒果树林的花花果果，也常常被人羡慕是拥有私宅后花园的大富豪！孩子，你从何时起，就开始关注我们的居住环境？可能不仅仅是关注，而且还有深层次的思考？

记得你小时候，在正月十五送灯亮（传统习俗：在祖坟前焚香、点蜡烛）之后，你把曾祖坟前未燃完的红烛和滑落的烛泪捡回来，熔化在一个大碗里，放上一根油布条捻子，制作成一个简易的灯台。你蹲在地上制作，头也不抬地问我："爸，你说现在的人，怎么就不知道节约能源呢？这些蜡烛明明没有完全燃烧，可以再利用嘛。蜡烛在造型设计时，能不能有节能且兼顾环保的改进？"我当时心里一惊，顿时怔住了，竟回答不上来。但是你做的灯台，照亮了家中每个停电的夜晚，爸妈也在这倍感温馨的夜晚感叹：孩子，你开始长大！

2011 年，你上高中了。2011 年 3 月 26 日 20:30—21:30 是“地球一小时”（Earth Hour），你从学校打回来电话，呼吁家中响应停电一小时。我想你在打这个电话的时候，已经对生态环境和气候问题有了更深刻的认识。此后年年（包括上大学期间）打这个电话，此后年年寒、暑假回家，你总是打理你的果树林，在寒假里还要补栽各种果树苗。每年结下的桃子、杏子、橘子呀，我们都与周边乡邻分享。前人栽树后人乘凉，这反而是父辈们在你栽的树下乘凉啊！

2013 年，你上大学，选择了土木工程系。你跟我开玩笑说：你学的这个专业，不是搞破坏，而是搞建设；你依然会栽花栽草栽树。我相信你说到做到，记得你组织你们学校社团的志愿者，联合街道社区开展义务植树造林的公益活动，你自己做策划、做方案，而且有板有眼、有声有色。孩子，你这样进步，倒是爸爸落后了。

你大学一毕业，就去老挝修建中老铁路。你讲了一个令人动容的故事：在一次野外水准测量时，你随手扔下的一次性饭盒和一次性筷子，马上就有老挝民工捡起，拿去河边洗了带回家再用。你说你当时五味杂陈……我听着、听着、听着，不知怎么回应你……

前几天，你说磨万铁路即将竣工，准备回国了，你问家中的苹果树结果没？惭愧得很，我至今也没认出哪棵树是苹果树，也没见开花，但果树林里有一棵满树的大橘子、两棵满树的小橘子（金钱橘），还有三颗石榴老在了树上，孩子，你回家正好赶上吃橘子。也是在前几天，我在一微信群里晒出果树林的照片，朋友们都戏称我是花果山的美猴王，我想花果山真正的美猴王——是孩子你！

现在，家乡的山是青的、水是绿的、天是蓝的。家乡为了防治环境污染，人人参与蓝天保卫战、碧水保卫战、净土保卫战。禁止焚烧秸秆，禁止燃放烟花爆竹，文明祭扫，环保插青，门前的那条臭水沟渠通过治理，已是清澈地流淌。当我看到蓝蓝的天空下、门前你栽的那棵碧绿葱茏的大柚子树（人称发财树）下有二三个钓者垂钓时，忍不住诗兴大发：

门前清清渠，

屋后花果山。

脚踏康庄道，

头顶蓝蓝天。

孩子，家中正有一片蓝蓝的天欢迎你的归来！

本文载自2021年第6期《参花》，后选入湖南省作家协会编的《文学人的家书》一书。

故乡篇

光明行

车载DVD里播放着二胡独奏曲——《光明行》，悠扬的乐曲把游人带向阳光、爽朗的夏日海滩，动听的乐章在心间荡漾，美丽的风景怡养人的目光。我们一行三人却要前往边远农村，探访一群白内障患者术后生活现状。

一个多小时的车程到达白衣镇荷花村马金武家。马金武家住在离村级公路约半公里的山坳里，天正下着雨，山路泥泞打滑，车开不进去，我们只得打伞步行进去，路上的野草一直蔓延至马金武的门前。我们来到之后，马金武从床上起来，他患有精神病的儿子也从楼上下来，他老伴儿早就去了镇上蔃果加工厂打零工，我便在他家堂屋开始采访。马金武今年69岁，去年10月份做的左眼白内障手术，术前左眼几近失明，右眼也常常昏花，完全丧失了劳动能力。患精神病的儿子天天宅在家里，什么事也干不了，孙子马上就进入高三了，3000元的学费还没有着落。3000元对他们家来说是天文数字，他家里除了电灯没有一样电器，虽是红砖垒砌的两层小楼，但到处是穿眼漏壁，地面坑坑洼洼、高低不平，摇摇欲坠。此时，屋外下着大雨，屋内的坛坛罐罐滴滴答答接着小雨。我问马金武家里有什么收入，马金武说哪有什么收入，几亩田地也缺壮实的劳力打理，日常仅靠65岁的婆婆在蔃果厂打零工糊口。马金武特别动情地说道，在他眼睛快要失明的日子里，他想到过一死了结人世，可他又不能死，他可以不管同样年迈的老伴儿，可以不管患精神病的儿子，但是正上高中的孙子是他马家的一根独苗啊！他矛盾、彷徨……在津市市中医院帮他做了免费的白内障手术之后，使他重见光明，使他重新燃起了生活的勇气，他期盼孙子读大学出来他就可以正式退休了。我问他做白内障手术用了多少钱时，他竟然不知道是多少钱，只是连连说道：“全免全报，自己只用了点生活费，现在就是孙子的学费没有着落，他可是我们一家的希望啊！”当我答应回去给他孙子凑学费时，老人竟是热泪纵横，抓住我的手久久不愿松开……

我们第二站来到渡口镇三新垸新合四组熊书香家里，之前电话联系过，她在镇上茶馆里打杂做零工，让我到渡口街上打她电话，她带我们去家里看看。

熊书香今年66岁，老伴儿70岁，患有轻微的阿尔茨海默病已不能下地劳动。二老育有一子一女，女儿已出嫁，儿子离异，儿子常被胃神经官能症折磨，孙子还在读书，一家三代住三间小平房，儿媳妇不甘家境的贫穷而离婚净身出户。熊书香本人前年做右眼的白内障摘除手术，去年做左眼白内障摘除手术。我问熊书香两场手术做下来共花了多少钱，熊书香也是摇头，只是说药费没花一分钱，只出了点生活费。对于这样一个老年群体，是难得把健康扶贫“一站式”结算医疗保障、扶贫特惠保说清楚的。他们只知道生活发生了翻天覆地的变化，先前看不起病，现在政府埋单；先前的世界漆黑一片，现在的清新美好的大千世界热闹非凡；熊书香由原来的面对面看不清对方，到现在可以到茶馆打杂做零工，眼前的光明给她带来了人生的美好期冀！儿子也争取到了政府的扶贫项目——养龙虾，在家里养了五六亩水面的龙虾。而且，儿子新结识了贵州的女朋友，正筹备婚事呢。一个家庭能有这样的转机是令人欣慰的！

我们的第三站是渡口镇新湖村的王立贤家。王立贤今年68岁，于今年二月份做了白内障手术，这位铁骨铮铮的汉子，差点被生活的最后的一根稻草压垮。

王立贤育有两女一子，两女早已出嫁，二老跟儿子一起生活，本来勤劳能干的王立贤和老伴儿打理10多亩田地绰绰有余，农闲之余打点零工，一家人的生活还算富足。可是儿子却经历一场突如其来的车祸，在常德、津市住院100多天，用光了家中所有钱财，而且还欠下亲戚朋友一大笔债务。儿子三次开颅手术之后，精神也出现障碍。即便是这样，王立贤也都没有被打倒，他拼命地劳动，拼命地打零工，努力赚钱为儿子治病，为了让儿子找对象结婚，他还为儿子建成两栋两层小洋楼。但娶到的儿媳妇，没有两年就离婚走人了，只留下比同龄人弱智的小孙女（儿子长期服药的缘故）。儿子外出打工没人敢要，只得跟着他姑姑在浙江做事。儿媳妇走了，他就是这个家的主心骨！当这位坚强的汉子被生活折磨得筋疲力尽的时候，白内障使他眼前黑蒙蒙，更使他的人生世界蒙蒙黑，这无疑让他的这个家雪上加霜，万念俱灰的他在命运之神面前无奈地自问："我上辈子做了什么孽啊？"王立贤一边诉说着，一边用大拇指擦拭眼中将要涌出的泪水，"感谢津市中医院在二月份的时候为我免费做摘除白内障手术，感谢党和政府在前几天给了一个扶贫特惠保。"

“前几天怎么了？”我问。王立贤把他的右脚伸给我看，我看到他右脚脚背有些肿，他告诉我在田里做事时被菜籽梗扎伤脚趾间，在镇卫生院住院8天，住院医药费用4000多元，报销之后只花800元，这得谢谢党和政府给的这个扶贫特惠保！因为不等不靠，迈坎过去，我相信王立贤会越来越好！

回去的时候，我吩咐司机小朱不要再开车载DVD，一路闭目冥想：扶贫攻坚仍然在路上！我们此行以一种明亮的目光抵达一个弱势群体的灰暗世界，希望能以一种温暖的关怀点亮这个弱势群体的生存希望……

热心奶奶

12月12日中午，在市养老服务中心年轻的刘俊部长的引领下，我敲开正在午睡的程光英奶奶的房门，开门见山说明采访来意，哪知这位笑容可掬的老奶奶却连连摆手道：“不要写我、不要写我，一些平凡得不能再平凡的事没什么好写的。”同行的刘俊部长说：“程奶奶您一个入住老人，是我们的照护对象，反而帮我们做了那么多工作，怎么会没有什么可写呢？”我也对程光英老人说：“程奶奶您躺回床上去吧，天冷，我们有话慢慢说。”

我仔细地打量眼前这位不愿接受采访的老奶奶：花白的头发，慈祥的笑容，中等富态的身材，眼不花、耳不聋，思维清晰，一看就知道是一个利利索索的人。来之前，听过刘俊部长简短的事迹介绍，也看过程奶奶的入住资料，现年76岁的程奶奶退休前是津市猪鬃厂工人，还是党员和劳模，80岁的老伴儿是津市石油公司退休职工，一双儿女都在津市石油公司上班，程奶奶为免除儿女工作时担心家中守巢老人，主动携老伴儿前来入住养老服务中心。

当我再次提及采访事宜，程奶奶仍是摇头和摆手，这可急坏了一旁的美女刘部长：“程奶奶您做了那么多好事，是我们心目中最美的榜样，我们就应该在老人中、在社会上广为宣扬，这是正能量！”程奶奶摆摆手：“呵呵，这些平凡的事不值一提哟！”我说：“程奶奶，您是一个热心肠的人，您为养老服务中心这个大集体、为这一个大集体中的老人，做了一些热心的事，同样，我们今天的采访以及明天的报道同样是在做一件热心、暖心的事，希望您能这么理解。我的采访可能与别人、与您以前的不一样，我不来定义您的这些热心事是平凡或者伟大，我们今天就从心出发，我们来谈心、拉家常。”听说是谈心、拉家常，程奶奶的心一下与我们靠近了，只听她向我们娓娓道来……

程奶奶住在西三栋三楼319房间，她的房间前面就有一个较大的阳台，这里就是老人们聊天的大平台。整栋楼的老人们都在这里天南海北谈天说地，胡吹乱侃家长里短。大家小家——家家都有难念的经，大坎小坎——没有迈不过去的坎。感慨浮云变换人世沧桑，俱往矣！兴叹晚年偏安一隅，人生五味杂陈！也就是在这个大平台里，热心肠的程奶奶不经意间获悉了其他老人的情况，这帮助了她为其他老人解决生活中的实际困难，劝导老人们积极乐观安度晚年，把温暖的阳光送到老人们心里。

一天清晨，她发现一楼患有阿尔茨海默病的李婆婆，收拾打扮一新，挎一个包，像是去走亲戚。程奶奶急急忙忙下楼梯，三步并作两步走，在养老服务中心大门口，拦住了正要迈出大门的李婆婆：“李嗲嗲（对爷爷、奶奶辈老人的尊称），你到哪里去哟？”李婆婆：“我到俺嘎嘎（外婆）那去。”“你嘎嘎还在？”“还在，在东洲垸。”程奶奶知道李婆婆又犯病了，一把拉住李婆婆：“来，李嗲嗲现在不去，一会儿叫你女儿带你去。”“不，今天是晴天，我跟俺嘎嘎捡棉花去。”李婆婆想继续走，不肯回。急得程奶奶高声大喊：“快来人、快来人！”几个年轻的工作人员闻讯赶了出来，架回了李婆婆。程奶奶跟着回了李婆婆房间，守护着李婆婆，并在房间的墙上找到了李婆婆女儿的电话，请她女儿来陪护一两天。

建议在每个入住老人的房间墙上贴上子女的电话，还是程奶奶给院长提的建议。老人在病痛的时候，最先想到的就是亲人，想见亲人面或者听到亲人的声音。前几天，一位老人患重感冒，躺在床上不省人事，程奶奶第一时间给院长打电话，紧接着给老人在广东的儿子打电话、在荆州的女儿打电话。院长雷厉风行果断处理，老人得到了及时的救治，转危为安。老人的儿女千恩万谢，程奶奶只是轻描淡写地摆摆手：“平常的事、平常的事，不要谢。”

我和刘俊部长听程奶奶道来，竟不住地点头。我想这不是平常的事，在一个集体里面是可以立功受奖的。如果说程奶奶每天都到各个老人的房间走一走问一问、每天都到活动室为打牌、下棋的老人们续茶水或帮人打饭、陪人聊天是平常事，那么这种平常事每天坚持去做，又是一种什么情怀？先前我说过，这是一次另类的采访，不定义平凡或者伟大，不褒扬党员或者劳模，只是谈心，从心出发谈善良，从人出发谈古道热肠！

我的恩师

熊老——熊金生于8月24日去世，享年74岁。我竟没有送他老人家最后一程，心中深感愧疚！那几日，与我生活在一起的病危的岳母，也到了人生的弥留之际，在9月1日离世，老一辈逐渐一个个离去，令人不免心生悲凉……

我知道熊老生前在津市人民医院住过两次院，第一次心脏病突发，医生给他下达了病危通知书，他在病床上给文联前主席王主席打电话说医生吓他，讹他钱。我和王主席前去医院看他，见他在病床上接电话，思维还是很清晰的，他说出院后请我们吃饭，我当时心里很高兴，不是因为要吃他的饭，是因为看他精神状态较好。5 月份的时候，他就要求一定到我家里去看一下，我当时心里就有一个不祥预兆：莫非这就是他人生的辞路之行！今天想来果然应验！

熊老第二次住院，是在他第一次出院后不久。他在家中摔了一跤，被家人匆匆送往医院。这一次他从心里真正感觉到：可能挺不过去了。所以，非常想见我。他家人怕麻烦我，竟没通知我，25日晚上去吊唁，听他家属说起，禁不住热泪涌动……

熊老退休前曾在津市航道局干过工会干事、办公室主任、工会主席等，可以说是一个一辈子与文字打交道的长者。

我和熊老相识在2011年，还是通过他女儿认识的。那年，我的散文《流浪汉》发表在11期的《散文选刊·下半月》上，并参加了2011年度中国散文年会最佳散文网络读者投票，周围的同事都热情为我投票，这其中包括熊老的女儿——熊艳。熊艳在家中的电脑上为我投票时，和熊老聊起了我，熊老马上想到要我加入津市散文协会，之后向当时的散协朱会长隆重引荐我，同时也向当时的文联王主席、作协周主席极力引荐我，这样，我才得以进入津市文学圈子里来。

真正与熊老相见是在2012年4月8日（之前都由他女儿为我们传递讯息），这天早上，熊老电话通知我参加散协嘉山的采风活动，我有幸一睹熊老清瘦矍铄的尊容，一副长者的慈祥洋溢脸上，黑边框眼镜后面隐藏着两道睿智的目光。我也有幸第一次接触津市文学圈的散文协会，并认识了诸多文学上的良师益友。在这个群体里，熊老很受大家尊重，尊称他为熊老师。采风中有上坡下岭，大家总是争相搀扶，在席间，大家总是频频举杯向他致敬。在熊老的影响下，我很快地融入了这个文学群体。我第一次发在散协会刊《散文津市》上的作品《寻根》，还是熊老亲自为我送去的打印稿。

通过熊老和王主席的引荐，我同作协前主席周林军有了较多亲密接触，便经常跟随周林军主席下基层实地采访，我从周林军主席身上学到了很多东西，这些东西都将会充实到我的文学功底中来。2017年津市作协换届选举，周林军主席推荐我担任新一届作协主席。熊老听到消息之后，第一时间打来电话，热情支持我担任新一届作协主席，并一定要亲自参加我的就职演说大会。我想此刻，熊老把我当成了他最得意的门生了，但我不能骄傲，我还要为背后支持我的那些前辈老师争气，我还有文学的千斤重担要挑！

熊老——熊金生，于我有知遇之恩，这恩无法谢与报，惟铭记心中！

感怀篇

津市新赋

一条澧水穿城而过！

一座小城应运而生！

远去的鸥鸟，勾起隐隐的乡愁！

长鸣的汽笛，呼应远逝的号子！

嘉山望夫，嗟叹骨埋长城哭不还，柔肠百转鼓盆而歌！皇姑遗梦，关山烟树，只有流水解千愁。

关山问道，却道云在青天水在瓶，晨钟暮鼓唤醒痴人！澧水涤荡，小城宜居，一方山水养一方人。

澧水滔滔不绝，东归大海。

小城生生不息，日渐昌盛！

澧水号子是勒进纤夫身体里的疼痛。

囊萤照读应是历史长河里的一座灯塔和地标！

真男儿

剧中人物

黄勇：男，41 岁，车桥总装车间现场技术员。

丽芬：女，38 岁，黄勇妻，鼻咽癌晚期，

2016年10月28日去世。

黄母：女，68岁，农村妇女。

女儿：女，15岁，初三学生。

车间主任：48岁，车间主任兼车间党支部书记。

【镜头】扫视公司门口及公司办公楼，停留在镌刻有“至诚无息，博厚悠远”的蓝色背景墙上。

推出片名字幕：

男儿——大丈夫

第一幕　爱人已逝

【夜，黄勇家，遗像两旁白烛闪烁。】

深夜 11 点，黄勇一人独自坐在客厅，面对妻子遗像，泪流满面、目光凄迷……

【画外音】丢都丢了，就别再哭了……（《夜听》主持人刘筱的声音）

【音乐起】（张镐哲雄浑、深沉、撕裂的歌声）：冷冷的北风在吹，吹吧！吹吧！让风吹吧！路太远……

女儿：爸、爸、爸爸……（带哭腔连声呼唤，欲唤回爸爸茫然的思绪）

黄母（劝慰）：勇儿，你要挺住啊，你还有那么长的路要走啊，真男儿——大丈夫应当要坚强！

黄勇（抬起泪眼）：妈，没事的，我不会被打倒的，我还要把我的孩子抚养成人。

黄母：嗯、嗯（点头，眼里泪光闪烁）。

黄勇：妈，你明天回家去吧，我也得回公司上班了。

黄母（讶异）：你明天就上班？只休息一个星期天？

黄勇：之前在医院里耽搁了三天，昨天丽芬已经入土为安了，家中再别无牵挂……

黄母：勇儿，你别想不开呀！

黄勇：妈你误会了，这八年来，丽芬呛不得

油烟，一直是等我回家做饭，然后两个人一起吃饭。现在丽芬她走了，我一个人在桌前怎么吃得下啊（涌出了眼泪）？

黄母：勇儿，你别勉强自己了，见你带忧形（方言：抑郁、忧伤），向公司请个假吧，出门去散散心，最好是年前都休息了，再说，你爸也让我专门来照护你们父女俩，家中你放心，你孩子下晚自习，我来给她做吃的。

黄勇：不用，不用！大家都回房休息吧！

【画外音】无情未必真豪杰，怜子如何不丈夫！“不用，不用”说得斩钉截铁，不拖泥带水！这又是黄勇阳刚的一面。

第二幕 伉俪情深（回忆）

【市人民医院，灯火通明。】

【镜头一】晚上10:00，医生办公室里气氛凝重，主治医生沉重地向黄勇及其家人说明丽芬的情况。【面部特写】黄勇痛苦地在责任书上签字。

【镜头二】晚上10:30，医生拔掉丽芬的氧气管，丽芬由重症监护室推回普通病房（放弃治疗），家人心情沉重地围在病床前。黄勇坐在病床前，与妻子两手相握，四目相对无语，病房里死一般沉寂……

【音乐起】（张镐哲雄浑、深沉、撕裂的歌

声）：冷冷的北风在吹，吹吧！吹吧！让风吹吧！路太远……

黄勇：（欲起身到病房外哭泣，但被妻子紧紧拽住了手）怎么了？

丽芬：多……陪……陪……我。

黄勇：好、好，我不走开，我不走开……

丽芬：（声音微弱、无限深情地）照……顾……好……我……们……的孩子……

黄勇：（双手握住妻子的手，贴在脸庞）嗯、嗯……（泣不成声）

丽芬闭上双眼，安详地走了。病房里一片哭声。

【音乐起】（张镐哲雄浑、深沉、撕裂的歌声）：冷冷的北风在吹，吹吧！吹吧！让风吹吧！

路太远……

第三幕　返回岗位

【早上，总装车间技术组办公室，同事们陆续进来打开电脑。】

黄勇坐在电脑前，浏览最近几天的生产型号。车间主任推门进来，在黄勇旁边坐下。

车间主任（关切地问）：这就上班了？怎么不多休息几天？

黄勇：同事们都一个多月没休息了，晚上还延班至 9 点甚至有时到 12 点，我怎么能再耽搁？

车间主任：我可以让别人替你一下，等你状

态调整好了，再来上班也不迟啊。再者，你的丧假也没休完啊，之前的三天是医院护理假，昨天是星期天，全车间工人强烈要求休息了一天，你完全可以再休息两天的。

黄勇：没事、没事的，我的状态是好的，近来生产任务紧，生产质量也不能掉链子呀，保生产、保质量技术应走在前面，我不能扯大家的后腿啊！

车间主任：哦，也是啊，今年新进的工人较多，我时刻担心他们会装错。

黄勇：车间生产产量从去年9月底开始猛增，工人日夜生产身体肯定吃不消，疲劳操作容易产生误差，从襄樊车桥厂借过来的那一帮人还算熟手。可是在本地招的四十多岁的农民工，没经过培训就上岗……

车间主任：（正说着，车间主任接到质量事故报告，指示黄勇）你马上到工程桥装配现场，我随后就到！

黄勇：好的！

黄勇起身下楼。

第四幕　回归平常

【上午，总装车间，机器轰鸣、热火朝天。】

工程桥装配一线现场围着一群人，陆续有领导来到现场。

众装配工议论：这个轮毂盖怎么就装不上去

呢？问题到底出在哪儿呢？

黄勇（走上前来，吩咐大家）：拆下半轴来，看看是什么型号，肯定是半轴装错了。

大家伙敲敲打打把拆下来的半轴，用棉布擦拭出型号（半轴上有黄油）。

黄勇：（打开装配工艺图：指出半轴型号。近前几个装配工凑过来顺着手指看）大家看清楚了，两种型号几乎一模一样，只是一个带“s”，一个不带“s”，这“s”在半轴上怎么找呢？

众装配工（摇头）：不知道。

黄勇：（从旁边半轴架上取下一根半轴，指着一处缺口）这个缺口就是“s”，装在这里的应是这种带缺口的，不然，怎么装得进去、装得到位呢？

众装配工（面面相觑）：哦……

黄勇（面部严肃）：为什么会在这里出现这样的错误呢？

众装配工（望着黄勇严肃的脸，惊异）：啊？

黄勇（用手指了指装配线旁的零部件）：大家只顾埋头装，上一个品种已装完了，该换品种也没注意到，继续用了上一品种的零部件。

众装配工（低头不做声）：……

黄勇（继续发问）：为什么老犯同样的错误呢？上次是几时就犯过类似的错误？！

众装配工：上个月 20 号。

黄勇：可见大家做事并不上位、上心，不仅装配技术不到位，而且企业文化也缺位，前面詹董事长的“四精”讲话精神要求我们：做精心、精明的人；做精准、精益的事。建议办一个学习班，建议大家认真学习一下装配技术的理论纲要，建议大家认真学习一下我们中联“至诚无息，博厚悠远”的企业文化，我这就去打报告，向上级汇报。

【特写】黄勇转身离去的背影。

【音乐起】（张镐哲雄浑、深沉、撕裂的歌声）：冷冷的北风在吹，吹吧！吹吧！让风吹吧！路太远，迎着风，迎着漫长的归途往前走……

【画外音】大家都知道黄勇刚刚失去了爱人，但黄勇很快进入了日常的工作状态，并在平常严谨的工作风格中凸显出了一个男人的阳刚之气！俗话说：真男儿——大丈夫，黄勇是家中的顶梁柱！同样，在以黄勇为代表的技术组成员却是车间保证生产、保证质量不掉链子的有力支柱！

本文载自 2018 年第 9 期《参花》。

感怀篇

写给孩子二札

之一

易生：

我快乐的孩子，你好！

六一儿童节和你的生日（6月15日）快要到了，你准备怎样迎接和度过这两个有意义的日子呢？这两个日子标志着你金色童年的又一个里程碑。人的一生分为很多阶段：由童年开始，再是少年，依此类推：青年——中年——老年。不久的将来，你就要迈入少年，而爸爸已步入中年，“人到中年万事休”，可叹爸爸平生碌碌无为，一事无成，唯一值得庆幸的是，养育了你这么一个乖巧聪明的儿子，爸爸没有给你创造什么物质财富，只有给你大地般宽厚的爱（诗《大地的爱》附后），这是你永远的财富，希望你借着我的爱快快乐乐地成长。

但是前几天，你和妈妈吵架，竟说出那样极端偏激的话，确实让爸爸感到震惊，我的孩子，不是这样的，我的孩子，应该是快乐的，无忧无虑的，他的天空是广阔无垠的天空，他的心灵是纯洁无瑕的心灵，他有远大的志向，他有崇高的理想，可是，孩子你为什么变了？脾气变得这样糟糕？是不是爸爸平时太溺爱你而宠坏了你？还是作为教师的妈妈对你的教育过于严厉，而使你难以接受，甚至于反感？更或是远在南方的爸爸对你的关心不够，而过早的使你面临“代沟”不知所措？这些爸爸都无从知道，请你告诉爸爸你心里的话，爸爸将会给你这个世界上最大的帮助。

记住，千万不可以伤害自己的身体，“发肤受之于父母当惜之”，意思就是说你的头发、皮肤以及整个身体都是父母给你的，要时时刻刻地爱护它，不能让别人伤害它，更不能自己伤害自己。孩子，你应该尊敬妈妈，孝顺妈妈，多与妈妈交谈你的体会和感受，让妈妈多理解你并更好地帮助你进步！

最后，爸爸希望你在妈妈面前做一个孝顺的聪明的乖孩子！

顺祝

学习进步

你的大地父亲：易明

2003.5.18

附：

大地的爱

孩子，你的儿童节
也是我的儿童节
但是——
你的天空
是你的天空
你的海洋
是你的海洋
你的山川
是你的山川
你的河流

是你的河流

但是——

你的路

是你自己的路

你的桥

是你心中的桥

我只有在你

成长的日子里

给你

这大地般宽厚的爱

2003.5.18 于广州

之二

易生：

我健康快乐的孩子，你好！

这几天之前，一直想要给你写信，原本对你有许多要指责的事，而不知怎么对你一一说来，终因你在学习各方面都令我满意，而又不忍心指责你，以至于没有写成。正当心绪不宁的时候，我们厂人力资源部的主管找到我说，厂里准备成立一个读书会，并且叫我带领大家在周二、周四的晚上，开展读书活动。我应承下来，所以这几天便在写《读书会章程》以及我个人的发言稿《我谈读书》。一谈读书便情绪亢奋，也乘兴给你写这封信。

现在外面打工的人也喜欢读书，我感觉很惊讶，而且还请略有读书心得的我为他们辅导，则认为更是难得。记得前年，我在广州给你捎回的一本漫画小人书和两本小学生作文书，你拿到后扔在一边，从来都没翻过，我听说后深感怅然。为什么现在的孩子都不爱看书呢？但绝不是这样的原因，以后没有再给你买书。我只想：我应该给你一个宽松、自由的空间，不应该约束你自由的成长，爸爸从来不愿意勉强你做你不愿做的事。但我还是忘了提前告诉你：不多读书长大以后是不能学爸爸一样地写诗（你不是常说，长大后要跟爸爸一样地写诗的吗？）你刚学过的课文《三味书屋》，爸爸依然记得，那是记录“我”早年读书的故事，而且一个印象深刻的“早”字刻于课桌上，而爸爸转而问你，写在你课桌上的两句话（易明理于书中，易生存于世上），已被你忽视。不过不要紧，贫穷的我在老去以后没有什么财产留给你，就把这两句话留给你研读一辈子吧。

爸爸这样宽容地爱你，却头顶一片责难啊！妈妈说我宠坏了你，一些长辈们说这是害了你，但他们谁有我清楚自己孩子的个性呢？爸爸自信比妈妈更了解你。你的脾气刚烈，我对他们说：一个没有鲜明个性、独立人格的人，以后做事怎么会有主见？他们无话可说。但他们列举你在家中、在外婆面前专横跋扈、我行我素、摔摔打打甚至无礼谩骂的种种实事，列举你在小伙伴面前颐指气使、强人所难、自高自大、唯我独尊等的事实，爸爸就难自圆其说了，也因此疑惑了，扪心自问，难道爸爸这样爱你真的错了？原想我这样的爱，给你以健康、快乐，反而成了你滋生劣迹、陋习的温床，你说，爸爸能不自责吗？

此刻，一种强烈的自责感袭上心头，信已经写不下去了，打住。

祝

好

易明

2004.9.18

本文选入2010年第6期《安徽文学》，有删节。

殷切的希望

——在澧县六中高一年级家长会上的发言

老师、同学们，各位家长：

大家上午好！

我是1014班易生同学的家长。此刻，我非常羡慕同学们坐在如此宽敞明亮的多媒体教室里安心地学习。如果时光能逆转25个年轮，能让我回到昔日的母校——彼时的官垅六中（六中原址在官垅乡，称官垅六中），那么，我将会以十二万分的激情，投入快乐而紧张、活泼而严肃的学习生活中去，为考上心目中的理想大学而奋发努力！可是，时光能逆转吗？25年，25年弹指一挥间，流金岁月，青春易逝，子在川上曰：逝者如斯夫！

观落花，看流水，让人感怀得失！当年辍学的伤痛，至今还固执地留在我的心上，我没能考上大学，这是令我这一辈子都无法释怀的事情。20多年前，我的家境是那样的贫寒：20多年前的那一年，我的母亲因骨结核瘫痪在床，因住不起医院，每天都由我的父亲用被子包裹着，用独轮车，推到几公里外的津市市求医问药，大年三十、正月初一也都是如此。大年三十那天，父亲推着从津市人民医院打针换药回来的母亲，在自家堂屋里抱头痛哭，我和弟弟妹妹也哭成一团。家中四顾茫然，景象甚是凄凉。是好心的邻居江妈，提过来几斤猪肉，劝慰父母止住哭声，那一幕是我永远都忘不了的。

家中无米下锅，家中空徒四壁，家中的田地荒芜。“田园将芜胡不归”，我带着和陶翁完全不同的心情回家务农，我的大学梦碎了，但我把这个圆梦的希望寄托在我孩子身上，我不知我的这个希望是孩子的动力，还是压力？

这是一个沉重而又沉重，严肃而又严肃的话题。我曾多次向教育专家们求证，曾多次与教育学者们深入地探讨，我深刻地体会到孩子的动力来自他们本身，而且这个动力贯穿他们的内心。有了这个动力，他们才能正确地把握自己的奋斗目标与奋斗方向，才能真正拥有积极向上的人生追求！说白了，一个人不能苟且地活着，应该有理想，有抱负（不是包袱，要放下包袱，开动机器，轻装上阵考大学）。六中正是你们实现理想、施展抱负的地方，六中先进的、科学的教书育人的管理理念，是一艘航母般巨大的载体，将搭载家长、老师和同学们的愿景——乘风破浪，直达希望的彼岸。

天道酬勤，皇天不负有心人，有一分耕耘就有一分收获。六中是一个人杰地灵的地方，是一个奋斗拼搏、流汗流泪的地方，也是一个升腾梦想、收获成功的地方。六中优美的校园环境、良好的学习氛围，是学子们立志成才的摇篮。

我预祝在三年后的高考中，学子们取得良好成绩，考上可以继续深造的理想大学！

谢谢大家！

本文载自2011年《散文选刊》增刊（1）。

我种桂花树

我种桂花树，同时也种下了一个心愿：就是希望一个叫陈家桂的病患者快快好起来，像正常人一样活下去。

初春的寒风阵阵吹来，刮得脸上生疼生疼，

立在我眼前的弱不禁风的桂花树苗，几乎要在风中倒下去，这又多么像在重症中挣扎的病患者——陈家桂，“我想活下去！要活下去”这是他对我的诉说！这是他对这个春天的大地的高声呐喊！这是他对这个大地的春天的深情呼唤！陈家桂强烈的求生欲望让人为之动容！

认识陈家桂，是通过他姨父——秋哥。2012年春节期间，秋哥打电话给我说，他姨侄陈家桂身患重症，需要社会的救助。并说我是作家，能不能请媒体出来报道一下，我当时说：“媒体是媒体，作家是作家，两不搭界……”还没等我把话说完，秋哥就急切地说：“我们是粗人，你见多识广，给我们指一指路该怎么走？”话说到这份上，使得我在电话里沉默了，“那我带他来见你……”秋哥在电话那头说。

第一次见到陈家桂，是在澧县汽车站边的一个便餐馆里。他是坐秋哥的摩托车从几十公里地外的道河乡虎山村来的（他不能坐公汽，受不了公汽的颠簸），捂着一件旧的军用棉大衣，并用一条红色围巾包捆着头部。当时，他虽然穿着很厚的军用棉大衣，但仍可以看出他的面部表情木然并且略显浮肿，或许是因为背微驼，才使他好像抬不起头来，耷拉着脑袋，说话好像很吃力的样子，大多是他姨父秋哥向我娓娓道来，面对面隔两三米都能听到他粗重的喘气声。

他向我展示了几家医院的病历，其中湘雅二医院的多普勒超声报告单上这样写道：“右心增大，肺动脉增宽，心房室面无分流，三尖瓣反流

（中度），肺动脉反流（轻度），肺动脉高压疑后发性可能性大，请结合临床。”X线诊断书的结论是：“双肺纹理增多，双肺门稍大，心影稍大，肺动脉段稍膨隆，右心缘稍膨隆，右侧胸膜增厚。”他所有的病历上都写着肺、心脏和隔膜的问题，果真是病入膏肓了吗？我的内心不禁掠过一丝悲凉，但没表现在脸上。缓过气来的陈家桂问我，他还有救吗？他还不想死！他还只有37岁！他想活下去！他要活下去！他还要为两位老人养老送终！此时的陈家桂很激动。我安抚他说，我把病历拿去问医生，你回家好好休息，千万不要劳累。我心里想，我根本没有能力来救他，我充其量只能算一个不入流的作家，根本没有调动媒体的力量。虽这样想，却说不出口，我不能对一个求生欲望如此强烈的病人当头泼去一盆冰冷的水。我约他下一次到他家里做实地采访，大约可以为他写一份救助书吧！

再次见到陈家桂，是在他的家中。他家坐落在一个小山坡上，坡面向西，两间砖瓦结构的平房也朝西。那天他穿一件大红的棉衣（他喜欢代表生命力的红色），脸上依旧浮肿红亮，戴一顶灰色的旅游布帽，坐在房前檐下的椅子上，心事重重地面对西边的日头。见到我来，他走上前来跟我握手，他母亲也从里屋捧一杯水迎了出来。他父亲不在家，已到自家的山地栽种村里派发的桂花树苗去了。

我端上一杯水后，来到左边的一间屋子（他母子二人跟在我身后）。这是陈家桂的卧室，卧室里有一张双人床、一张小方桌、一把三人座凉椅，一组组合柜，屋内空荡荡的竟没有电器，而且这仅有的几件家具还是前妻留给他的，妻子在他发病的2008年，新婚两个月后改嫁他人。来到右边的一间屋子，就显得有些局促了，依然没有值钱的家什充斥其中，这间屋的上半间隔起来做他父母的卧室，下半间就是堂屋及吃饭的地方了，堂屋中间有一方桌，两边各有几把椅子，堂屋左上角还垒了一个半人高的土灶。来到他父母的卧室，也只看到一张未罩帐子的架子床，被絮下面还垫了一些稻草，一个空谷柜，简陋至极。我心里想：这怎么凑30万元的医疗费呢？我问过医生，陈家桂的病需要30万元的治疗费，但还不能保证手术后完全好。他母子二人，听我说可以做手术，顿时两眼放光，急忙问我需要多少钱，我说要30万元左右，母子二人一下僵在那里，半晌不作声了。一会儿，他母亲向我说起：陈家桂1975年9月12日出生，今年37岁，是虎山村四组全体村民公认的孝子，对父母极孝顺，做事勤快，待人和气。未发病前从未让车祸致残的父亲下地劳动，现在反过来还要患有子宫癌的母亲全天伺候他，他心里难受啊！哎！顶梁柱倒了，儿媳妇跑了，家底儿也空了……老人家说到伤心处，便一手扯起另一只衣袖揩了一把泉涌不止的辛酸泪。

采访完毕，我拿出200元钱，硬塞到老人家手中。老人家也吩咐陈家桂从她床底下拿出一包花生，一定要我收下。我说："我不要花生，给你们的钱太少了，我回去之后把你们家的情况如实反映给政府，让政府出面募捐，使陈家桂早日得到救治。”老人家见我不要花生急了，要把钱丢给了我，见这个样子，我忙转弯说：“我不要花生，我在坡上拿两根桂花树苗回去栽就行了。”老人家说：“花生和树苗都得拿，不然，我不拿你的钱！”没办法，我只得拿了花生和两棵桂花树苗。

当天晚上，我含着热泪为陈家桂写下了一千多字的求救书，并将求救书上传在我新开的网易博客上。第二天，将求救书交给前来的秋哥。交待他：多复印几份，跑政府各部门签章证实，再求湖南都市频道报道，并抄了湖南都市频道的电话号码给秋哥。

这些事都办完之后，我还是不放心。除了关注博客外（仅仅几个人阅读），还时不时地打电话问陈家桂：“民政局盖章没有？”“盖了。”“电视台来了没有？”“说来，还没来。”“电视台一直没来？”“没来，但政府给了个低保，每个月一百块钱。”也问陈家桂的身体状况：“身体怎么样？”“老样子。”“吃药了吗？”“吃药就大口大口地吐血，只吃消水肿的药。”后来问：“怎么不吃药？”“没药吃了，医生不给开药。”我不敢再深问下去。2013 年的冬天是一个温暖的冬天，在这一个暖冬里，我却感受到了一股袭人的寒意，陈家桂打来电话说：“我现在穿衣都感觉吃亏（方言：感到累，力不从心）。唉，大约大去之期不远矣！”霎时，我泪如雨下……

陈家桂自身所做的努力，以及我所作求救书的文字，可能都显得弱小和苍白，无力回天，求生的信念怎能超越生命的高度呢？我们凡人又怎能参透生死、超然物外？陈家桂先前想抓住我这个虚有作家名的救命稻草，哪知我和他同样是苍白和弱小，他看不到桂花树花开，我也不能保证自己能看到桂花树花开。蝼蚁尚且偷生，何况人乎！红尘难舍，何以释怀？我却只能在禅宗的教义里找到超度之后的释然：

我到为种植，我行花未开。

岂无佳色在，留待后人来。

这种释然于他、于我或许都是一种凄美的解脱……

原发 2014 年第 7 期《参花》，后选在 2015 年第 2 期《海外文摘》上。

编篮小札

午休时间，用包装带子来编篮子，可以打发等候上班的时间，也可以活动起来抵御这冬天的寒冷，还可以用来找找写散文的手感……

当我把第一个篮子晒在QQ动态上，就引来一片赞叹声，紧接着陆续发布第二个、第三个，便有女文友发来“提钱预定”的索要，市散协常务副会长——丹丹，先是赞了个“心灵手巧”，随后开玩笑说：“给我们散协会员上一堂编织课啊？”我回答：“好啊，结合散文谈点感想。”这几天也正为公司内的几位通讯员同事看不懂我的散文反省着……

几位通讯员居然当面说看不懂我写的文章，让我大吃一惊：难道我是在那里自言自语？记得多年前我还写诗，那是诗歌满天飞的年代，终于在某一天，我看不懂诗歌了，我也就不弄诗歌了。我比较崇尚白居易式的朗朗上口且妇孺皆懂的诗歌风格，现在有人看不懂我的散文，我还要不要弄散文呢？

拙文《父母在远游》，8 月底就发党群办，政审却没通过，10 月底我从《海外文摘》杂志社签约归来，党群办主任又向我约稿，我说《散文选刊》准备在 11 期刊出拙文《父母在远游》，你不妨将此文发《中联报》（企业内刊），主任却说："我们大家都不明白你结尾那句'我一时语塞，竟无言以对'，究竟要表达的是什么意思。"我为自己辩解说这是文章留白的艺术处理，你想是什么意思就是什么意思。

我看不懂诗歌，并不是诗歌的问题，我反省：是我个人的水平跟不上诗歌。散文一般都是朴实的语言，没有诗歌那样的玄妙高深，有写手竟然看不懂我的散文，说明我的文字表述还有问题，这就更需要自我反省了，这绝对是一个善意的提醒。

一般，不善意是不提醒的，可贵的是自我反省。88岁高龄的齐白石，已经是名满天下了，他偶然审视自己年轻时的一幅作品，发现自己的画工已大不如前，但功名在身后，自己随便涂抹的一笔，便迎头砸来许多赞誉，那都是让人晕头转向——迷失方向的不实之词！险些被蒙蔽！大师猛然警醒，竟然每日深夜一笔一笔地练习描红。

描红是画画的童子功，编篮与写作也不是毫无关联的。一堆包装带子放在面前，首先挑出两圈完整的包装带子，拿在手里拦腰一扭，扭成四个圈，上圈聚拢缠成一条提系，下圈展开四股做成篮子的兜底，一个篮子的大致形状已构成，最后来完成这个篮子，就需要用包装带子来经纬编织了。令人感叹：这与我写文章的过程有着惊人的相似！我不用固定的模具，所以每个随手编出来的篮子都有不同，也正恰如我为文所追求的境界——似有法却无法。但读文不读法，读文只读人！

常言“文如其人”读文先读人，如果读文不懂、读人添堵，那不如转观我编篮的这一手！

拖地浅悟

那天早上，我正在车间门口拖地，检验员小红走过来问我《魔鬼与禅》是你写的吗？我回答说不是。得到证实，小红转而说：“我就说嘛，我看过你写的一些文章，如《黑夜之灯》之类，都有一种深沉、凝重之感，好像就没有禅宗哲理这类风格的作品。”听到这样的话，心里虽然有些不服气，但我想了想之后，还是心平气和地对小红说：“那可不一定哟，禅宗哲理其实很朴实、很自然地存在于我们日常的生活和工作中，存在于我们每个中联人的心里和眼里，关键是看我们对事物是否有感悟，具不具备慧心和慧眼。”

有一个很有名的典故：一天，大才子苏轼与高僧佛印一起打坐、参禅，苏轼问：“你看我像什么啊？”佛印说：“我看你像尊佛。”苏轼听后大笑，对佛印说：“你知道我看你坐在那儿像什么？就像一堆牛粪。”事后，苏轼认为自己占了便宜很高兴，回家就跟旷世才女妹妹苏小妹炫耀这件事。苏小妹冷笑一下对哥哥说：“就你这个悟性还参禅呢，你知道参禅最讲究的是什么？是见心见性，你心中有眼中就有。佛印说你像尊佛，那说明他心中有尊佛，你说佛印像牛粪，想想你心里有什么吧。”

这个故事适用于我们每个人。你看，我拖地也与别人不同，别人拖地都是潦草塞责、火急火燎地写着阿拉伯数字“3”，而我却是一丝不苟、不疾不徐地写着中国汉字“一”，始终用一种禅的淡定与从容，把心中的责任全部贯注在拖把把端，在地面上不留一丝空白间隙，一笔笔到位地把这个“一”字永远加粗下去。我拖过的地面干净光亮，让人赏心悦目。如果“3”字还勉强有“之”字的书法意向，那么“一”字就已经由书法的境界升华到了禅的境界。呈现在你眼前的，是无数个“一”字的重复叠加，足以见心见性、见职见责！

思想决定行为。又有这样一个反面故事可以做注脚：有个小和尚担任撞钟一职，每天早上，他都能准时起床，做一天和尚撞一天钟。有一天，寺庙住持认为小和尚不能胜任撞钟一职，就改调他到后院劈柴挑水。小和尚很不服气：“难道我撞钟不准时、不响亮？”住持告诉他：“你撞钟虽然很准时、很响亮，但是钟声空泛、疲软没有感召力。钟声是要唤醒沉迷的众生，钟声不仅要洪亮，而且要圆润、沉厚、悠远。”这则故事告诉我们：端正心态，用心做事，做对比做完更重要！小和尚由于悟性达不到这种境界，可能永远只能做个劈柴挑水的小沙弥。

寺庙的钟声要求洪亮、圆润、沉厚、悠远，联想到了我们中联重科“至诚无息，博厚悠远”的核心价值理念，联系自身，细细品味，感觉无不闪烁着禅宗哲理的光辉：见心见性，见职见责见担当！

本文载自2014年第10期《参花》中《易明散文二题》之一，原题为《禅在心中》。

一种修行

去年 10 月 10 日，我好似在鬼门关走了一遭。

早上 7 点钟，我骑摩托车去上班，路过双济实验学校门口时，一骑电瓶单车的老妇人突然在我右前方掉头（之前毫无掉头或转弯迹象），我措手不及——紧急踩刹，但还是撞上了（这都还不算），我的摩托车撞上了左边的车道，迎面一辆盘式拖拉机疾驰而来，把我连人带车倒推十米开外，向外弹出，人车倒地，我后背着地，头翘起在空中（那天没戴头盔），双脚也翘起在车把手的上空。热心的群众围拢来扶人扶车，人没有什么大碍，只是膝弯处刮破了铜钱大的一块皮；但摩托车就不像样了，前罩壳断了一截，右踏脚板断了，右排气管挤压成了一块扭曲铁皮。现场观众啧啧称奇："这个人命大呀""这个人身体好啊""这个人有功夫哇"。

我心里一惊：哇！今天居然躲过了一劫，多亏了平常锻炼身体。这几年肚子大了，引来诸多不便，于是坚持每天清晨连续做60个下蹲动作。这个动作也是练武的基本功，主要训练腿部力量及腿上各个关节的灵活性，我还私自认为有收腹的效果，所以，这几年一直坚持做了下来，并喜见腹部脂肪减了，腹、背、腿上及全身肌肉增长。当我被挂在盘式拖拉机旁边、稳稳地坐在摩托车上听耳旁风声的时候，已然是屏息静气、全身肌肉绷紧，所以倒地并无大碍。

我念高中的时候，遇到一位马头铺的同学，他主动要教授我武功，但几个月下来只教我一些诸如蹲着走、站桩步一类的基本功，我要求他教我拳术时，他说我基本功不扎实，还没有练拳的底子。直到他参军去部队之前，他才用钢笔画了十三式的喳拳草图给我，图上字迹潦草、画面混乱难以辨认，我问多了，他也不耐烦，他只演示了第一式“桩步冲拳”，便撂下一句“自己去悟”便走了。

至今，我仍然没有悟出其余十二式，但我悟出了道：常练基本功也是一种修行！强身健体不说，还练出了精气神。当劫难来临，临危不乱求生存是一个人本能，但沉着冷静地应对却是一个人内心的强大！

路在脚下

——问道大同山，悟在小路上

大同山位于小城津市的南区，现开发为津市市古大同森林公园。但不大的大同山北麓既有佛教圣地——古大同禅寺，毗邻的关山西峰又有道教圣地——中武当道观，两处圣地由迂回曲折的林荫小道相连。

我不参禅也不修道，却不得不叹服此时此地的另一种“道”来，它就是使这两教相连的曲曲折折的林荫小道。是它使我们信仰的天空“道”“道”相连！是它高于了我们在尘世纷扰里的所谓此“道”、彼“道”！而它又是实实在在被我等凡夫俗子踩在足下的小路！在随文朋诗友采风团的人群中，在绿荫当盖的蜿蜒山道上，让人不禁想起曲径通幽的妙处来……

曲径通幽处，禅房花木深。

一条只可两人并行的羊肠小道，延伸在幽深的山林之中，清寂的佛院、道观掩映在花木丛中，让人诗兴即来。这条古大同禅寺前山门脚下的西行小道，向西绕上关山西峰的中武当道观，再由中武当道观南下东上古大同禅寺的后山门。其间要走过几段宽约一米的水泥路、几段山土路、几段碎石路，还有上坡下岭的台阶路，须身体力行地蹚洼地、翻山坡，左转右转，或逶迤而上或急转而下。让人情不自禁地又吟出：“山重水复疑无路，柳暗花明又一村。”的名句来。会心想一想，这些个文学的雅趣，皆因我们脚下之路，走进了我们自然而然的风景中！走进了我们思想情感的内心！

此路通文学乎？还是文学之路通自然的风景乎？我们一群文学的痴迷者，在这古木参天的纯天然氧吧里，猛吸一口来自大自然深处的新鲜空气，心中顿时豁然快乐：什么诗歌的新困顿、什么散文的旧瓶颈、什么小说的切入点，原来都是脚下正要突围（突破）之路！原来都是脚下正要进入（进攻）之路！这条路仿佛就在眼前，仿佛就在这条蜿蜒曲折的山道上！

从古大同禅寺前山门旁的小道，西上关山西峰的中武当道观后，又南下折东回环到古大同禅寺的后山门，这一过程印证了“道”的升华，也为我这样一位亲力亲为者的感悟画上一个完美的句点：世上万事万物皆与路通！

这路，究竟在哪里呢？

这路，在你心中！

这路，在你脚下！

本文载自2014年第11期《散文选刊·下半月》，题为《脚下的路》。

斑鸠归来

邻家主妇急急忙忙从省城赶回来，愤愤地把二楼窗台上的斑鸠鸟巢掀翻下来，鸟蛋摔碎了一地，看到此情此景，我竟落下泪来。一个鸟类家庭的窗台筑梦，竟上演成了一版真实的人间红楼梦！我的心被深深扎了一刀！

这个鸟类家庭的倾巢灭卵之灾，皆是因为我的出卖告密。邻居一家因在省城做事，便滞留省城过春节。邻家主妇时不时让我拍她家东面山墙上的电表呀、南面院墙的铁门呀，甚至还要隔着东面楼道采光的玻璃拍室内摩托车的照片发过去。她家电表拉闸停摆，院门紧闭，院内地面上也泛起了苍台，一座路边的院落显得冷冷清清！忽然，我眼前一亮，看到她家东面二楼楼道采光窗台上的一对斑鸠在营造窝巢，竟抑制不住内心的欣喜和激动，拍了照片发她，她立马回信息：我家的看家鸟又回来了啊。单从这信息上看，看不出她对筑巢她家屋檐下的斑鸠有多厌恶，可是，她却从省城匆匆赶回来对斑鸠鸟巢进行了惨无人道的清剿，当她在朋友圈得意地晒那些已经被孵化得带有翡翠光泽的鸟蛋，让圈友们猜猜这是什么鸟蛋时，却像一记响亮耳光抽在我脸上，像一把利刃扎在我心上，啊！我当了鸟类的可耻的叛徒！

小时候，非常羡慕天空飞翔的鸟儿，看到大雁飞过，我和小伙伴们总是鼓起腮帮将那首童谣送到天上：“雁鹅雁鹅排剪刀，雁鹅雁鹅排一字。”那天上的大雁便排出“剪刀”形状、“一”字形状，现在想想那情景都美！虽然我掏过自家茅草屋顶的麻雀窝、掏过菜园篱笆插腊枝上的丝麻雀窝，还用弹弓打过别人家竹园里的斑鸠，但手法极不准，只是惊吓了一下那些鸟们。手法准的要数队上当“孩子王”的黑哥，黑哥弹弓打鸟一打一个准，后来黑哥买来气枪打鸟，更有人用猎枪打鸟，再后来很少看到有鸟儿出现在我们的世界里。周遭环境也开始恶劣起来，沙尘暴来了，雾霾来了，自然界的各种灾害都来了！而蓝天碧水却远去了，就连吃水源的水也不能吃了，得在自家门前打一口压水井，仿佛我们把自己圈在了一个没有鸟语花香的孤立的世界。

人类破坏生态之后，生态总给人类以惨痛的教训！

人被打脸之后，才会审视对方和自己？我看斑鸠鸟巢是春回大地的生机、是人与自然和谐的共处相生，她看斑鸠鸟巢可能就是乱草一堆！对！我忘了她有洁癖，她在家的时候，每天除了洗洗涮涮就是洗洗晒晒，邻里乡亲去她家串门，她总是先搬出凳子迎出屋外，拒来人于屋外！我还忘了她与她西邻的公婆及叔子家都不能和睦相处，那我还怎么能苛求她与鸟类和睦相处、共生共荣呢？她也未必真正把我当作来自同一村子的“娘家人”，也未必真正把我当成她真姓易的“内弟”，我可能也就是一只临时为她看家护院的“鸟儿”！呜呼！此处生气至无语！

近几年，屋前屋后的鸟儿多了起来，特别是斑鸠。除了在屋后的菜园地里觅食外，还在屋前院子里与鸡分享地上的麦粒或饭粒。岳母去世后，家中不再喂养鸡鸭，我和妻每天上班前，特意将前一天的剩饭倒在院子里，供鸟雀们来啄。斑鸠也在我家二楼后窗台筑巢繁衍下一代，我见证过斑鸠孵出小鸟、小鸟羽翼丰满之后飞离窗台和谐的春天美景趣图。前年，西邻家建起二层小楼后，斑鸠将鸟巢搬迁至邻家东面二楼楼道采光的窗台上，它规避了北风怒号、大雨瓢泼，选择了与人相亲相近，但是它过于相信了人，当然，这也包括我在内。它恰好与我家二楼采光窗台隔窗相望，相距仅一米多一点，仿佛离我更加近了，每天早晨下楼时，我们都可以深情地对望一眼。可竟然是我的出卖，使得它的家庭鸡飞蛋打、支离破碎……

就在邻家主妇第二天返省城之后，邻居家二楼采光窗台上的斑鸠重又归来，这让我略感欣慰，在略感欣慰的同时，我又不得不赞叹鸟类母亲的伟大与坚韧：它仍然要百折不挠地生育下一代！仅一个多月时间，斑鸠就完成了下蛋、孵化、哺食、告翅（方言：成年的鸟训练雏鸟飞行）、出窝的全过程。3 月 25 日，斑鸠遭受倾巢灭卵之灾，

4 月 29 日，我就发现有两只雏鸟已匍匐于斑鸠鸟巢之中，5 月 4 日，最后一只雏鸟一个趔趄跌扑至我的窗台与我对视了一眼，紧接着又一个趔趄跌扑至地面，在地面向前蹦跳几下，振翅飞向了蔚蓝的天空……

我如释重负，这一次，我一直守口如瓶——没告诉任何人，就是希望自己的内心得到救赎！

此文原发 2022 年第 2 期《散文选刊·下半月》，后选入 2023 年第 5 期《中国散文家》，获第二届“羡林杯”生态散文三等奖。